メメント・ラブドール

市街地ギャオ

筑摩書房

メメントラブドール

装丁　森敬太（合同会社 飛ぶ教室）

写真　マ.psd

「♡」

「マッチありがとうございます！」「プロフ見てよければ返信ください♡」

Tinderには菅田将暉と山﨑賢人がいっぱいいる。で、そういうのはだいたいヤれる。いまマッチしたのは通算三人目の山﨑賢人だった。

私は男としかマッチングしない設定にしているからファクトチェックできないけど、橋本環奈と広瀬すずも一定数生息しているらしい。でもそういうアカウントの裏にいるのはだいたい愉快犯の寂しい男か迷惑系YouTuberにインスパイアされたキッズで、マッチしたところで文脈も知性もセンスもないおちょくりメッセージしか来なかった、というようなことを二人目の菅田将暉が言っていた。そんなの考えなくてもわかるだろうに、実際に確かめてしまうところが菅田将暉の菅田将暉らしさだなと思う。

先月初めてヤった、たぶん来週またヤる。私のディープスロートが忘れられないらしい。

「プロフ見ました」「抜いてくれるんですか？」

「抜きますよ♡」「牛込柳町の辺りに住んでます」

「一人暮らしですか？」

「ですです」

　菅田将暉とか山﨑賢人の中の男は大抵、マチアプなんて……と腐しながらもワンチャンに対して実体の曖昧な興奮を燻《くゆ》らせている。ドラマや映画のプレス記事から無断で写真を盗用している上に、そのなかでも特にファニーな表情の写真ばかりセレクトして、こんなアカウント所詮暇つぶしっすけど？　と己のダサさと肖像権侵害と名誉毀損と詐欺に予防線を張っている。その行為自体がダサいことに薄々気づきながらも性欲に勝てないからTinderをやめられなくて、マッチしたら♡のスタンプで物陰からうかがうように性欲を表明してくる。だからプロフィール文で後腐れのなさをちらつかせればいとも簡単にヤれるのだ。そして後腐れのなさを望んでいたくせに、二度目は自分から連絡してくる。Pairsでは実家の犬とのツーショまで動員して真剣な恋愛を募集してるくせに。

「今日行っていいやつですか?」「溜まってて笑」

「はい!」「何時でもいいですよ♡」

マイナーなスマホゲーに可処分時間の大半を捧げていて、そのざまを自虐的に話しているときが一番楽しそうだ。スマホゲーをしている男のなかでも特に、残りの可処分時間をポケモン対戦に費やしているような男が私は一番好きだった。パルデアポケモンの種族値について早口で話している姿を見ると勃起してしまう。

「そうです」「男の人としたことないんですけど、大丈夫ですか?笑」

「大歓迎です♡」「そちらからは何もしなくて大丈夫ですよ笑笑」「一方的に抜きますね」

チー牛という概念が生まれて、それまで曖昧だった情けなさに輪郭が与えられて、本当に良かったと思っている。そういう男たちには一生ジェネリックコンバースみたいなスニーカーを履いていてほしいのに、最近のチー牛たちはちゃんとウォーキングシューズじゃないほうのニューバランスや型落ちしたエアマックスなんかを履いていて小賢しい。

チー牛がチー牛を脱するためのバイブルがプチプラ化されている現状は本当に嘆かわしい。私が二十歳だった五年前には起こり得ない現象だった。どのSNSを開いても簡単に垢抜けにアクセスできてしまうから、大抵の男はシステマティックな購買行動によってそれなりの服装を獲得することができてしまう。

だから本物は基本的にマッチングアプリ上には生息していない。それが私はいちばん悲しい。Tinderのチー牛たちは大半がナードとカルチャーの交雑牛なのだ。それもまあかわいいけど。

「顔写真とかって見れますか？笑」

「いいですよ♡」「カカオかインスタで送ります」

「じゃあカカオで」

「（カードが送信されました）」「カカオこれです！」

「追加しました」

カカオで自撮りを送る。既読がついて三十秒が経ったけど返信はこない。Tinderに戻ると男のアカウントは消えていて、カカオともどもブロックされていることを知る。二日に一回はこうして拒絶されているのだから、もうほとんどなにも思わない。

雲散した性行為に思いを馳せることもなく、親指は新しくマッチした男にメッセージを送りはじめていた。一連の流れに感情の介入する余地はない。「はじめまして！」「プロフ見てよければ返信くださいい♡」ここでブロックするような男はそもそも求めていないのだから。

毎日右スワイプ。マルチとポンジスキームはしっかり見抜いて律儀に左スワイプ。そのマメさをちゃんと応用すれば私のような人間に引っかからずとも私欲を満たせそうなのに、だけどそれをしないから Tinder のチー牛たちはかわいい。学生時代のイケてない経験を引きずっていて、容姿に強いコンプレックスを抱いている。でもそのコンプレックスを攻撃性に変換するのは終わりムーブだという現代的なモラルをちゃんと搭載しているから、私の容姿に言及できないままおずおずと射精するしかない。そういう男がいい。私はリベラルに乗っかって彼らの性を搾取している。

「フェラしてくれるんですか？笑」

「しますよ♡」

話の切り返し方からたぶん初めてではないな、と思う。さっきとほとんど同じ流れで自撮りを送ると「今日お願いしたいです！」とオファーがきた。

せっかくだから男の顔も送ってもらうけど、やっぱり交雑牛だった。ぶらさげたネックレスの輝きとは裏腹に、表情筋の節々に抑圧を受けてきた人間特有の卑屈さが垣間《かいま》見える。私がそう思いたいだけかもしれない。まあ私のビジュアルを受け入れるということは、マインドはしっかりチー牛なのだろう。顔写真のスクショを撮る。

こちらの既読を認めてすぐに写真を送信取り消ししていたけどもう遅い。カメラロールを開いて、スクショを拡大して細部まで眺める。きっとPairsなんかで使っているんだろうな、という類の、第三者のディレクションが入った写真だった。プロフィール写真のクオリティとコミュニケーションの自然さは反比例すると思う。

Tinderには女で登録している。男で登録したほうが至る確率は高いのだろうけど、あちらの世界は私のようにノンケ喰い目的のゲイたちがゾンビのごとく徘徊する地獄になっているとTwitterで見た。ゾンビ同士でマッチングしてしまうことのほうが多いらしいし、それならゲイ専用のマッチングアプリに行けばいいじゃん手段が目的に変わる前にさ、と思ってしまう。そっちも登録しているけどもう半年くらい開いていない。

だから私は、幻想の尻を追い疲れた男が降ってくるのを、ここで女の振りをしながら待っている。プロフィール写真は南国の海とラグジュアリーなホテル。当然どちらもインスタのキラキラハッシュタグでディグったものを盗用している。プロフィールで「実は男でーす」と明かしているダーティさだけに終始しないよう設定したものだけど、クリーンすぎて逆に影を際立たせてしまっている気もする。今のところ、なにか言われたことはない。

「フェラしてください笑」

「はい♡」

本当は「クラスの陰キャグループにいるぽやぽやしたかわいらしい男の子」という概念に股間を押しつけてくるような男にだけリーチしていたい。ぽっちゃりと言われないぎりぎりの肉付きも、ケミカルウォッシュの切り返しデニムも、マニッシュショート a.k.a. 悠仁親王リスペクトな髪型もすべてブランディングになるのだと高専で学んだのに、時代の移ろいとともにその刀は錆《さ》びついてしまった。

下ぶくれでぼやっとした容貌の私が、濃いメイクやウィッグで女のにおいを演出せずともイマジナリーラブドールとして振る舞えていた時代はもう終わったらしい。たった五年で成功体験は情弱の証左になっていた。いなたい見た目で向けられた性欲に鈍感なポーズを取っておけば、みんな重篤な『高専病』を患ったとしても安心して私でシコれていたのに。

　似合っていないセンターパートとカーゴパンツ。令和五年に再定義された標準にあわせた髪と服で、私の顔が現代的でない分を差し引くと、平均よりすこし下がった完成度でまとまる。

　そのすべてがノンケ喰いに最適化した結果だった。昔のようにチー牛たちの最後のシェルターでいるために、私はかつての自分を手放しつつある。

「十九時くらいに行ってもいいですか?」

「いいですよ」「ちなみにストレートの方ですか?」

「そうです」

「彼女とかいたり?笑笑」

「いないです笑」

　いるわけがないのに訊くとなぜか喜ぶから毎回訊くようにしている。ワンサイズ大きなポンプフューリーのなかで私のつま先が「きっと童貞だよ〜ん」とかぽかぽ奏でる。右耳のAirPodsも「だよね〜」と呼応する。なんにも悪くないよ、童貞は。私だって当然童貞だ。

あと住んでいる場所が防衛省の近くだと言ってもなぜか喜ぶのだけど、これに関してはまじで喜ぶ理由がわからない。なにもかも守れていないから私のところに来るんじゃないの。


Tinderのことばかり考えていたらレジでTinderの画面を提示しそうになって最悪。慌ててPayPayに切り替える。目を限界まで細めると両者のアプリアイコンがほとんど同じに見えてくるのだから仕方ない。この二つのアイコンが隣に並んでいるのは、単純にインストールしたタイミングと、私がホーム画面を整理していないからだ。

食器スポンジのもこもこした面にカビが生えたから新しいのを百均で買った。毎回ストックを買っておこうと思って忘れてしまう。あるいは、忘れた振りをしてしまう。二個入り三個入りのものを買えばいいのに、すこし偉そうなパケに入った一個入りのものばかり買ってしまうのは、生活に根ざした期待の絞りカスだともいえる。あの部屋に営みの体臭なんてほとんど存在していないのに。

洗剤なしでも洗える、という謳《うた》い文句のスポンジに、いつもこれでもかと洗剤を垂らして使う。店を出てからラップを買い忘れていたことに気づいていらいらする。舞い戻った店内で、ペイペーペイペー、と何度も脳内で唱えていたら一周回って Tinder が顔を覗かせてくる。

Tinder を開いたけど新規のマッチもいまやりとりしている男からの返信もなかった。当日敢行が決まったはずのセクアポの詳細が宙ぶらりんになっていることにまたいらいらする。きっとなにもかも梅雨のせいだ。

トイレの赤カビが五日で再生されるようになった。これは梅雨だけのせいじゃないかもしれない。ラップのついでに、擦るだけで赤カビが落ちるブラシも買った。たぶんトイレマジックリンまみれにして使う。

ホーム画面はだらしなくても部屋は常に綺麗にしている。常軌を逸した綺麗さじゃないとこういう男は性欲の処理を躊躇《ちゅうちょ》しはじめるから、トイレタンクの水受けや洗濯機の隙間に溜まった埃《ほこり》、洗面所やお風呂の鏡の水アカなんかまで入念に拭きとっていく。

使用後の便器ブラシを洗い流すついでに洗面台のカーブの部分を擦ってみたりする。同じようなマテリアルなのだから兼用で問題ないだろう、という判断だ。この部屋に私以外の人間が立ち入るのはちょうど一週間ぶりだった。

ものがなければ散らかることもないというアグレッシブな発想を採用して、見える範囲に最低限の家具以外のものはなにもない。八畳ワンルームのがらんどうは、エアビの部屋なんかよりよほど浮世離れしていると思う。

入念に舌苔《ぜったい》を取りのぞいた。フロスは二周目の前半でちぎれたから諦めた。リステリンは紫の甘いやつが好き。胃から香り立つというバラのタブレットを舐める。

「駅着きました」「住所教えてもらっていいですか?」

「東京都新宿区××××××」「501号室です♡」

「了解です」

「ムラムラしてます?笑笑」

「だいぶ笑」

「対よろです♡」

そんな感じで今日の大半はTinderとセックスとその準備に支配されていた。テレビのないこの部屋に日曜の終わりを告げるのはちびまる子ちゃんでもサザエさんでもなく、性経験に乏しい男がどうしようもなく漏らす吐息なのだった。

オートロックが鳴ってもモニターに人間は映っていない。無言で鍵ボタンを押すと、ガラスの扉に一瞬だけ黒いパーカーが反射した。エントランスを抜けてエレベーターのボタンを押すまでの動線を脳内で再生したあとは、緊張感がエレベーターを駆け上ってくるイメージにバトンタッチされていく。


新規の男、Tinder名「あ」のボクサーパンツからビビッドすぎるダウニー臭がして、辟易《へきえき》。十九歳、大学生、身長5ft9in、同い年か年上の優しいひと募集、マッチしたらいいことあるかも、などとうそぶいていた。

脱がしたあともダウニーの甘さが陰毛に絡みついていて、いい加減にしてほしい。男と会うのは私が三人目らしいけど誰も指摘してくれなかったのだろうか、と指摘する気のない自分を棚にあげて憤る。グレーの薄汚れたニューバランスを履いてるくせにボクサーパンツだけ浮かれあがった赤ベースのミッキーマウスなのにも、部屋の照度に細かく注文をつけてきたことにも今更腹が立ってきた。もうちょっと暗く、を繰り返した結果ほぼ闇になった部屋で、夜目が「あ」の性器を血管まで鮮明に描写する。

「めっちゃうまいっすね」

「そう？」

前の男ふたりと比べて言っているのだろうか。「あ」の「あ」から浸透圧の異なる液体が滲み出てくる。唾液でもなく、喉奥を亀頭が掠めたときに採取される痰でもないやつが味蕾《みらい》に触れて、それで私の興奮も高まっていく。勃起していることが悟られないようにXXLのTシャツの裾をぐっと伸ばしてカーゴパンツに被せる。

「あっやばいす」

目をかたく瞑った「あ」が情けない息を漏らす。自分で吐いた息に興奮しているように、「あっ、」さらに漏らす。薄れていたダウニーの面影を押しのけて、酒臭さが存在を主張してくる。緊張してたんで、と「あ」がストゼロを一缶飲んできていた。これならいけるかも、と思って訊いてみる。

「あのさ、フェラしてるとこ撮ってもいい？　きみの顔は絶対に映さないから」

え、と固まる「あ」。

「だめ？」

勃起した性器の顚末と容易に想像できるリスクとを天秤にかけているようで、無言の時間が数秒流れる。舌で亀頭に触れて、その天秤に切り込んでいく。滴り落ちる私の唾液の量だけ天秤はバグっていく、そんなイメージで。

とどめに乳首を舐めると「あ」の緊張は簡単に切れた。「あっ」再び吐息。オートロックのカメラに姿を映さなかった用心深さに、性欲が靄《もや》をかけていく。

「Twitter にあげてんだよね。ほらこれ」

ベッドの端に転がしていた iPhone を手にとって、「あ」が来るまで開いていたアカウントを見せる。「あ」はおそるおそる液晶に指を滑らせて、私がインターネットに垂れ流してきた欲望とインプレッションの詐取を眺めていた。

液晶の上で再生される動画と呼応するように、音を立てて目の前の性器を刺激する。バーチャルとリアル、だけどどちらも私の口から発されている音のゆらぎに、酒臭い部屋のなかであらゆる平衡感覚が揺らいでいく様子が具体的なイメージとして想起された。

「ノンケ慰め隊たいちょー、って。やば、変態じゃないすか。しかも結構いいねついてるし」

アカウント名を読み上げた「あ」に、俺変態かな？　と重ねると黙ってしまった。変態の私に慰められているお前も変態なんだぞ、と思う。

「これ相手の許可ちゃんと取ってんすか」

「もちろん。顔は映してないでしょ。あげるの嫌だったらあげないけど」

いやでもやっぱり動画は……と、飲酒と性感にふるわれてもなお残った最後の理性にちゃんと拒絶されて、ＩＴリテラシー教育のめざましい進歩と自分のテクニック不足を痛感する。

「ごめんなさい、やっぱ無理です」

「じゃあ音だけだったらいい？　動画じゃなくて音声」

んー、とか、えー、とかごにょごにょしたあと、私が性器から手を離したら惜しくなったのか「まあ音だけなら」に帰着した。

iPhone のカメラアプリを立ち上げる。「録るね」と宣言して、カメラを下に向けて録音を開始した。

「なんかサークルとか入ってんの？」

「今年からフットサル入りました。友達ほしくて」

「あー、確かにフットサルっぽいね。楽しい？」

　私は思ってもいないことを言っているときが一番楽しいな、と心のなかで付け加える。

「まだあんまり馴染めないんすよね。入ったばっかってのもあるけど、二年から入ったから周りはもうグループできてるし、そもそもみんな陽キャすぎてしんどいっていうか。だからあんま行ってないっす」

　たまらないな、と思いながら意識的に声のトーンを下げる。「なるほどね」前に行為音声をツイートしたとき、オカマ声萎えますやめてくださいとリプライがきたことを思い出したからだ。クソリプおじさんやノンケ喰い同業者なんかよりもＡＳＭＲ警察が一番厄介な存在なのかもしれない。

「大学でなに勉強してんの？」

「え、なんかマーケティングとか？　商学部なんでまあそっち系です」

　上も脱いでよ、と言うと「あ」は躊躇なく脱いだ。「あ」の薄っぺらい裸体には若さと愚かさだけが情報として貼りついていて、そこに大学生やフットサルといった情報を付与するだけで無断転載スパムなんかとは一線を画すインプレッションを叩き出すだろう。若さとはポテンシャルなのだ。

いちゃいちゃとかしないんすか、と唐突に言った「あ」に、なんで？　と返す。

「前に会った人はしたいって言ってたんで」

「どっちでもいいよ」

私に気を遣っているつもりなのだろうけど、全然やりたくなかった。少なくとも録音されている間は性欲に支配されたふてぶてしいノンケのままでいてほしい。いつもよりリップノイズを意識して、音を立てながら舐めると「あ」の喘ぎ声とのグルーヴでノってくる。

録音をはじめて十分も経たないうちに「あ」は射精した。掃いて捨てるほどある逢瀬のひとつ、明日には記憶から追いやられている類のありふれた行為だった。

枕元の iPhone を意識しながら「きもちよかった？」と尋ねると、「あ」は「まじでやばかったす……」と放心しながら天井の向こう側を見つめていた。

ばつの悪そうな顔でティッシュボックスを受け取った「あ」は性器、お腹、胸の順番で拭きとって、ティッシュボールを形成したあとその表面でさらに尿道の辺りを撫でた。それそのまま捨てるつもり？　口には出さず黙って睨んでいると、案の定袋を入れてないゴミ箱に投棄されて、すこし不快になる。

「バイなの?」

「いや、自分ではストレートだと思ってんすけどね。まあ抜いてくれるなら男でもいいや、みたいな」

「Tinderだと多いでしょ、男の人」

「そんな多いですか?」

「あー、男とマッチする設定にしてないとか?」

「してません。あ、全然関係ないんすけど、カカオの名前って本名ですか?」

本名じゃないよ、と返すと「あ」はそれ以上追及してこない代わりに、「自分はカカズ、です。カカオの名前もフェイクです」と続けた。返報性の法則に後ろ足で砂をかけて私は名乗らない。射精したあと特有の魚の目がなにかを乞うているようだったけど、気づかない振りをしてトピックを変える。

「女の人とは会えてる?」

「全然だめっすね。まずメッセージが続かないです」

「ヤリモクじゃないの? Tinderだったら秒で見つかりそうだけど。割り切った関係ならメッセージもなんもないでしょ」

「いやー、いきなりヤリモクだけってのもなんか恥ずくないすか？」

百万回は聞いた言い訳だった。こんなことを恥ずかしげもなく言ってしまう時点で童貞卒業は遠いだろう。あーまあ恥ずいよね、と適当なことを言って録音を停止した。きっとここは使わない。

カズがベッドの下に散らばった洋服を拾い上げて着ている間に、先ほどの音声を流してみる。ボリュームをあげるとカズの濡れた声と私のリップノイズがどちらも割れて、きゃんきゃんと不快さばかりが際立ってしまう。数分前までこの場所で行われていた行為だとは思えないくらい、湿っぽさの欠落した音だった。

「やば。恥ずいですって」

「これ Twitter にあげてもいい？」

「いいですけど。そんなん需要あるんですか？」

「動画よりは反応弱いかもね」

「まあそうですよね」服を着終えたカズが立ち上がる。「また暇なとき来てもいいすか？」

「うん、また来て」

「仕事は土日休み？　ですか？　社会人ですよね？」

「そうなんだけど、副業もしてるから土日の夜は結構埋まってるかも。

「今日はたまたま休みだったんだけど」

「うわ、ワーカホリックっすね」

「まあ趣味みたいなもんだから」

副業の内容に切り込まれたらどうやって躱《かわ》そうか考えていたけど、さらっと流された。さっき名前を教えなかったのが効いているのかもしれない。私の無言の圧をくみ取った繊細さのせいで録音を断れなかったのだとしたらすこし可哀想だなと思う。可哀想でもTwitterにはあげるけど。

玄関先でカズがドアを開けると濡れたアスファルトのにおいがした。内廊下だからリアルタイムのにおいなのか溜めこんだものなのか判別がつかない。カズが傘を持っていないことに気づいたけど、うちもビニ傘一本しかないし渡したくないな、と咄嗟に思ってしまう。「じゃ、また」「じゃあね」また会うかもしれないし、一応の礼儀として足音が聞こえなくなるまで施錠はせずにいた。こんなことをした後でどこまで意味のある気遣いなのかはわからない。

　小鼻を掻くと指先から乾いた唾液の臭いがした。洗面所で手を洗って、ついでに口もゆすぐ。私の体からはカズの痕跡が消えたけど、部屋にはまだアルコールの残り香が漂っていた。カズの形にしわが寄ったシーツをなんとなく伸ばしてみる。寝転ぶとダウニーのにおいがした。このなにもない部屋は、においを塗り替えられただけで簡単に私の部屋じゃなくなってしまう。居心地の悪さと、他人と粘膜接触をしたときにだけ感じる独特の疲労感で起き上がれなくなる。


　さっき録音した音声を何度も再生しているうちに眠ってしまっていた。聞き慣れてしまえば性行為の音声だってただのアンビエントでしかない。

　あと一時間で日曜日が終わる。動画編集のアプリを立ち上げて、ずっと真っ暗な動画を、音だけを頼りに短く編集していく。カズの顔や体、性器についての情報は既に私の記憶から抜け落ちつつあった。

土曜だからラビッツは上限メンバーで、オープン前なのに店内は人間の気配で満ちていた。

＊

ソファーのクッションにコロコロをかけている奏乃《かなの》に「おはー」と声をかけたけど無視された。黒髪ロングのキューティクルと目が合ったままフロアを通り抜ける。Tinderでノンケ喰いをしていることがバレてからあからさまに嫌われていた。

客から「妖精さん」と呼ばれている雇われオーナーの笹井《ささい》が業務スーパーのオードブルをセリアの高見え皿にせっせと移し替えている手狭なキッチンを抜けて、楽屋のドアに手をかけた。「おい挨拶ー」笹井の声が背中に刺さる。喫煙者じゃないのになぜか歯がヤニ色で不健康に痩せた中年男、こんな妖精がいたら嫌すぎる。「はいすいませんはよざいまーー」振り返らずにひと息で続けてドアを開ける。

フロアの延べ床に対して楽屋はなぜかちょっと広い。でもパイプ椅子は出勤メンバー分の四脚しか置かれていない。既に三脚が埋まっていて、その内ひとつには奏乃のマイケルコースが鎮座していた。

「おはー」にひなたともち助からぽろぽろと応答がくる。奏乃はもっと大人になったほうがいい。


奇数月の第一土曜はスク水デーで、私がいままでシフトを避け続けてきた日だった。昨晩は医療脱毛で根絶できなかった鼠蹊部《そけいぶ》の毛を抜くたびに憂鬱を募らせていた。企画するやつも飛びつくやつも全員ひっくるめてスク水デーという概念そのものが当たり前に狂っている。

今日のメンバーはトランスの奏乃とパンセクのひなた、ノンケのもち助と建前上バイの私の四人だ。先月フルシフトのキャストが辞めて、私にそのしわ寄せが来ている。他のキャストはゆるく働きたいから〜などと宣って金土はシフトを入れてくれない。私と笹井が舐められている紛れもない証左だった。

ゲイだと生っぽすぎるからと笹井に言われたからバイを騙っている。情報を売る仕事だからね、と念押しされて、まあそんなもんかと納得した。

キャストで一番仲がいいのは建前上アセクのまさてゃだけど、まさてゃはフルタイムの本業が別にある上に、最近は海外産ＭＯＢＡの公認ストリーマー『masatzy』としての活動が忙しいみたいでなかなかシフトが被らない。すこしずつこの店から離脱を始めているようで悲しい。

反射速度十代、がmasatzyのキャッチコピーだけど、まさてゃは私と同じ二十五歳だ。masatzyの『tzy』は東南アジア圏においての『てゃ』みたいなものだと言っていたけど、私はいまだに『てゃ』がどういうものなのかよくわかっていない。

私のノンケ喰いをエンタメとして楽しんでくれるのはこの店でまさてゃだけだった。それはたぶん気質とかセクシャリティとかよりも、私たちふたりの生活基盤がサラリーマンである、という点が大きく影響しているのだと思う。固定給による自立した生活の担保は人間を悪辣なエンタメに堕としていくのだ。やつが金でＤＫ２をバター犬にしていることも、それを絶対にキャスト仲間には言わないでいることも私は知っている。酔ったまさてゃが無防備にインスタでＤＭしているところを盗み見たのだ。記憶を頼りにＩＤを検索したら相手がＤＫ２だと判明した訳だけど、まあ私はまさてゃのそういうところが好きだった。

無性に会いたくなって、昨日の配信で五千円スパチャしたら「気つかわなくていいから」とLINEがきた。まさてゃのなかで私は既に繋がり厨の厄介ババアと同列になっているのかもしれない。私の厄介さが小銭になってＤＫ２に再分配されているフロー図を想像すると、私が冴えないノンケたちの性処理道具として機能している事実と同じ構造になっている気がしてアガる。

トランスにパンセクにノンケにバイにアセク、性的指向に肩書きを付けてしまえば男の娘《おとこ　こ》コンカフェという表象と差別にまみれたこの営業形態にさえも、「男でも女でもそうじゃなくてもカワイイは正義」というダイバーシティの福祉っぽい上澄みが立ち現れてくるのだから不思議だ。

だからラビッツは秋葉原でも中野でも池袋でもなく、そして二丁目でもなく、ここゴールデン街で営業している。客は物見遊山の知識人ぶったツイ廃とか、周辺のコンカフェと比べて良心的な価格設定に飛びついてくる接触厨のドルヲタ軍団とか、歌舞伎から流れてくるオタク気質な昼サロ勤務の女とか様々だ。あと同業者も一定数いる。萌え豚おじさん以外の層が厚い、それでもおじさんが一番多いけど。

今日はスク水デーだから、やばおじが多いだろうし、だから私はいまもこうしてスク水と肌の密着面に憂鬱を侍らせている。私は若いチー牛が好きなだけで、おじさんになったチー牛は嫌いだ。あいつらは弱者男性をこじらせていて、女の出来損ないだと認識しているこの店のキャストにでかい顔をすることでしか自分を保てないから。

愚かな性欲が発酵すると絶対悪になるのだ。さっさとＥＤになればいいのに。


これが女の子の香り、とだいたいの人間が思春期までに刷り込まれてきたような香りが充満して楽屋の空気が悪い。この空間に十代はひとりも居ないのに、食べこぼしたクッキーみたいに散らばった甘さがアオハルじみている。ひなたももち助も既にスク水を着ていた。

奏乃は私たちの前では絶対に着替えない。私待ちなんだなと気づいて、あの頑なだった黒髪ロングのキューティクルが目に浮かぶ。

「うたちゃん早く準備しなー。結構着んの大変だよこれ」

ひなたがスク水の股ぐらについたファスナーを指差しながらそう言ってきた。下品な恰好をしながら下品なことをするとなぜか自分が強くなれたように錯覚してしまうよね、わかる。でもボーダーニーソと超厚底スニーカーはさすがに過積載すぎて見ていられない。オタク出身の人間はどうして二郎マシマシみたいな装飾を施してしまうのだろう。思慮の浅い「こういうことでしょ？」がそのまま顕現されてしまっている気がする。

「下に着てきたから大丈夫よん」

「うける小学生かよ」

空いているパイプ椅子に腰かけると、えぐみのある部屋干し臭と、それをマスキングしようとした安っぽい衣類スプレーの複合臭が漂ってきた。たぶんドンキの偽ホワイトムスクのやつ。実家暮らしでポメラニアンを飼っているひなたからで間違いないだろう。犬の目ヤニは鮮魚コーナーのにおいがするらしいから一生飼いたくない。ペットも虫も、液晶越しに眺めるフィクショナルな関わり方くらいがちょうどいい。歌舞伎によく出ると噂のスーパーラットを生でみたら卒倒すると思う。

あまりに臭うなと辺りを見渡したら、ポメラニアンの細かい毛がところどころに付着したグレーのジップパーカーがデスク同士の隙間に転がっていた。いつも鼻をピーピー鳴らしているおじさん客がいるけど、あれは犬アレルギーなんじゃないだろうか。デスクの上にパンパンに膨れ上がったひなたのリュックがあるから、リュックの上に置いたパーカーが転がり落ちたのだろう。地雷メイクよりも触角ツインテウィッグよりもごてごてのアンクルージュよりも先にそのだらしなさをなんとかしたほうがいい、と思うけど言わない。私だって他人の容姿についてどうこう言える立場でもないし。

今日は笹井がいるから仕方なくメイクする。と言ってもベースと薄づきの水ティントと、ティッシュオフしたティント液を頬に叩きつけるだけだから二分半で終わってしまう。院試が終わってすぐに入店したからもう三年半近く男の娘コンカフェで働いているのに、男の娘になりたい願望はいまだに湧いてこない。ナードな男にちやほやされたいという初心が現状維持バイアスに色を変えて、今日まで私を引き延ばしてきた。ラビッツ以外の店だったら即刻クビになっているだろうし、そもそも採用すらされていないと思う。

「アイロン使っていー？」

「温度ちょっと下げて使ったほうがいいかもー」

「おけおけー」

ヘアアイロンのプレートから犬の臭いがしないか一応確かめてしまう。ウィッグを被るか悩んだけど、半年近くロッカーに放置された私のレイヤーウルフを想像したら当然そんな気は失せて、前髪をおろすだけにした。さっきまでセミマット肌で唇がほんのり赤くて発熱の疑いがある男でしかなかったけど、まあすこしは緩和されただろう。尖った女性コレオグラファーなんかに居そうな気がしなくもない。

服を脱ぐ。胸元のゼッケンに書かれた「うたちょ」がぎりぎり見えるよう自撮りして、フィルターだけでは取り除けなかった小鼻周りの毛穴をざざっと加工で消していく。「はじめてのスク水デー出勤（ハートがきらきらしている絵文字）もうすぐオープンですよ〜〜〜みんな会いにきてね（ハートがきらきらしている絵文字）（ぴえんの絵文字）恥ずかしいけどね、、、、」ラビッツ公式のツイートを引リツする。本当に恥ずかしい。

せめてもの抵抗で上半身だけジャージを羽織ったら、もち助に「えっずるない？」と裾をつままれた。真正ノンケなのにキャストのなかで一番かわいくて憎らしい。骨格ウェーブだから細いのに骨ばった感じがなくて、男のにおいは弱い。スク水も一番着こなしている。もち助と同じギフトをもらっていれば私の男の娘モチベーションも多少は上がっていたかもしれない。

「【必見】ジェンダーレス男子がかわいすぎる・・・」というキャプションのついた

まとめツイートでもち助の宣材写真がバズってから、月イチペースでまったく同じ内容のパクツイがプチバズを起こしている。「なんかかわいい曲ない～？」とTikTokの動画を転載するだけでいいねが伸びる、この店の紛れもないエースだった。自信の現れなのか王者ゆえの鈍感さなのかもち助の跳ね上げラインはキャストのなかで一番長い。

「さすがに狂ってんじゃんこの露出面積。当然の権利でしょ」

「あーね」

もち助の感嘆詞にはノンケ喰いのビッチがなに言ってんだ？　というニュアンスが含まれていた気がする。最年少でまだ学生、高田馬場大学の政経に通っているという自尊心によって私は高みのさらに高みから見下ろされている。私は服を脱がないタイプのビッチだし、そもそもノンケ喰いをしていることとスク水を拒絶することを繋げるのはただの暴力だろ。

奏乃が戻ってきたから、無言のコミュニケーションで三人とも楽屋を後にする。笹井が私たちひとりひとりのスク水の着こなしにごにょごにょ言ってきてうざい。案の定ジャージを脱げと言われたからその場で一瞬だけ脱いで、フロアでまた着た。ひなたのボーダーニーソが許されて私のジャージが許されない意味がわからない。

オープン二時間にして既に無理になっていた。思いのほかおしっこが楽で嬉しいこと以外に希望がない。考えてみればほとんど裸なのだから楽に決まっていた。まとめて横にずらしたスク水とサポーターを元に戻す。精神の磨耗がひどくて、もう二度と便器から立ち上がれないような気がしてくる。

思ったよりやばおじは多くなかったけど、少数精鋭でひとりひとりが極上に気持ち悪い。しかも今日のメンバーで唯一のスク水バージンだったからか、私の周りに処女厨を兼任したやばおじたちが集っては撮ったチェキの枚数や摂取したアルコール量でマウントを取りあっていた。蠱毒?

オリシャンを三本頼めば股ぐらのチャックが一センチ開くという裏メニューがあまりに地獄すぎる。「サポーター、二枚穿いたほうがいいよ」とひなたに言われていたから店の支給品とは別に自腹で買った。買っててよかった。普段と同じ時給でこれをさせられているのだからほとんど奴隷も同然だった。

この泥舟から逃亡しようとしているまさてゃは利口すぎる。さすが外コン勤務だ。

私は俗物だから、それだけでまさてゃのことを尊敬してしまう。前にストリーマー垢で退職代行サービスの比較表をツイートしてバズっていた。常に仕事を辞めたい私もしっかりその画像を保存している。

トイレから戻った瞬間に「おしっこ染みてない？　大丈夫？」とか自称三十五歳のハゲたやばおじにニヤつかれて最悪。たぶんオーバーフォーティー、定時後の上司と同じ頭皮臭がするから。

「いやめっちゃ拭いたから～」適当にあしらっていたら「ほんとか～？」と股を覗き込んできた。心臓に乳酸がぽたぽたと溜まっていく。

「カナちゃんとこ行かなくていいの？　いまカナちゃんのお客さん少ないからチャンスじゃん。推し変なんかしたらカナちゃん泣いちゃうよ」

「奏乃はほら、今日俺が行ったらセクハラになっちゃうだろ。うたは友達みたいなもんだし、それに色気ないし問題ないっしょ？」

語尾に（笑）を付与した話し方で醜悪さを隠そうとして逆に絶望的な気持ち悪さになっている。顔面が勃起していることに気づかないのが加齢のせいなのだとしたら、私はもうこれ以上生きていたくない。

私とまさてゃはラビッツのスケープゴートだった。建前上アセクのまさてゃとバイの私で静と動のフリーハラスメントを担っている。アセクだったらなにしても動じないよね、と、バイだったらなにしても喜ぶよね、という令和の世には信じられないレイシズムがこの店ではまかり通っているのだ。笹井が私に殴り書いたバイセクシャルという設定は人柱の烙印だったらしい。

やばおじがGalaxyの液晶を向けてくる。メモ帳アプリに「俺、うたのちんちんだったらしゃぶれるかもｗｗｗｗ」と入力されていて、嫌悪を経由した恐怖が口角に貼りついてしまった。もう笑うしかない。歯石がたっぷりこびりついた前歯に笑いかけられる。お前はジョーカーなん。

「どしたん酔ってんの？」と返すと、タール値が高いほうがイキれそうだという平成の大学生的な価値観で選んでいそうな缶ピの煙を下腹部に飛ばしてきた。そして口から煙草を離して、黙ったままにやにや。腐敗した芋の臭いが立ち昇って、私の歪んだ愛想笑いを糾弾してくる。詰将棋じみた行き場のなさだった。

「てか、脱げよそれ。他、誰も着てないのに」

「お腹冷えちゃうじゃん。エアコン弱いんだよねボク」

この一人称も当然ブランディングだった。私が高専で姫をやっていた唯一の名残だと言ってもいい。ボク、と口が発するたびにエモくてイタい気分に浸ってしまって、それがキモくて気持ちいい。

「脇見えないだろそれ着てたら。見せろよ」

「ジョリワキだから恥ずいって」

「へえ、ジョリワキなんだ」

接触禁止というルールを守ってジャージに触れてこないところだけは評価できる。でもそれ以外は誇張なくすべてが終わっている。出禁と訴訟をかけたチキンレースで閾値《いきち》ぎりぎりを達成している小賢しさまで漏れなくだるい。

「うたー、残り喰う?」

背後のソファーに座っている、臭くないけどシンプルに声がでかくてうざいやばおじに声をかけられる。今日も差し入れで寿司を持ってきていた。差し入れは客の目の前で食べなければならないルールだからいつも吐きそうになる。この店の危機管理はどうなってるんだろう。

ウニといくらと甘エビ、というやばおじの差し入れとしてキモい三羽烏《さんばがらす》が残っていて、それは当然キャスト全員が避けた結果だった。「いいの〜お腹減ってるから嬉しい〜」一番ましに見えたいくらを手づかみで頬張る。舌にとろみが張りつく。このやばおじの顔を見ると生臭い幻臭が鼻腔を掠めてしまう悲しきパブロフの犬になっている。

結局、股ぐらのチャックは一センチしか開かなかった。途中からテキーラで瀕死になったひなたにやばおじたちが熱殺蜂球みたく群がりはじめたから、隙をみて「もっちゃんはうちのアイドルだからね」という総意を盾に、ひとりカウンターでこの地獄を傍観していたもち助にタダ乗りする形で逃亡した。

「ボックス空いてるよ」とかなんとかキッチンから片目だけを覗かせた笹井が言ってきたけど酔っている振りをして無視した。カウンターには若い男二人と、なぜかこういうグループにひとりは紛れこんでいるパサついた髪を垂らした若い女の三人組が座っている。たぶん三人とももち助のフォロワー。男二人は女の恰好ではないけど、雰囲気でなんとなく同業者だとわかる。もち助と同世代くらいで、私が普段 Tinder で会っているノンケたちと似たような雰囲気を携えていた。うたちょでーす、と寒々しい挨拶をしたら「知ってるけど」と真顔で返される。会話って知ってる？

「うたちゃんあっち行かなくていいん？」

「もう無理。これ以上働かされたらたぬきにこの店の暴露スレ立てるから」

「楽しそうにしてたくね？」

お前らは本当に同業者か？　チェキ撮影もスマホ撮影もカウンター越しで下半身が映らないよう徹底しているもち助をありがたがっているお前らがマッチョな労働讃歌を振りかざすのはどう考えてもおかしいだろ。さっきのやばおじのGalaxyを思いだして身震いする。ヒューマンライツ・ナウに持ち込んだらどうなるんだろう、などと考えてみる。

「ってかさー、カナちゃんもひなちゃんもあっちでがんばってんのにひとりだけ逃げてくるとかずるない？　道徳とか習った？　人の心あるんって思っちゃうんだけど、あたし」

生物学上女だということにあぐらをかいてこんなところでくだを巻いているお前だってずるいしインモラルだろ、とやばおじみたいなことを吐きそうになる。パサついた髪にスピリタスを吸わせたらよく燃えそうだ。

「この際だから言わせてもらうけどさー、うたちゃんモチべ低すぎん？　髪もメイクも適当すぎるし、男の娘つかただのなよなよした男じゃん。そのジャージもなんなん。それでこの店で最古参とかまじなん？」

「これがいいって言ってくれるお客さんもいるからさあ」

「言い訳だろそんなん。もっとがんばんなよプロなんでしょ」

酒によって限界を迎えた喉で女が叫ぶ。女の目の前に置かれている「まいめろ♡」と白のポスカで書かれたボトルの値段が今日来店したどのやばおじのものより高いことに気づいてしまって、なんとなく閉口してしまう。ピー活……と咄嗟によぎるけど、真偽は定かではない。

「もっちゃんからちらっと裏アカの話聞いたんだけどあたしにも見せてよ」

「やだよ恥ずかしい」

「その格好で男の娘自称してる方が恥ずかしいでしょ普通に。早く iPhone 出せって」

そうすごまれて、まあ私がカウンターから出ていかないのであればおもちゃにするだけなんだろうな。こんなところまで引きずりだされて、もう裏アカとも呼べないようなアカウントの最新ツイートを見せると、「まいめろ♡」は液晶を一瞥したあと、「はあ？　真っ暗じゃん」と私の手からひったくったiPhoneを隣の男に回した。そこまでされるとは想像していなくて、見通しの甘さを飲酒のせいにしてしまいたくなる。先週投稿したカズの音声はＡＳＭＲ警察が湧くほど伸びることもなく、低空飛行のまま収束しようとしていた。

「ノンケ慰め隊たいちょーだって」

iPhoneを受け取った男が音量をマックスにして、耳にあてて音声を聞きはじめた。会話が白けてもなんとかなるようにまあまあな音量で店内に流れているボカロのトランスアレンジがうるさいのだ。

「やばいやばいぴちゃぴちゃいってて草なんだけど。てかこの声うたちゃん？　きもちい？　って訊いてる声。なんかオスみ強くね？　鳥肌立ったわ」

「実況やめろってまじ無理だから。うたちゃんの性欲とか見たくねえし」

「見たいつったのめろじゃん。うたちゃんちょっとかわいそうで草」

「いや、そんなガチだと思わんでしょ普通。そんなの晒すとか犯罪やん。相手かわいそー」

「あ、イった。すげー。めろも聞いてみ」

「無理あたしいま変な音聞いたら吐く」

「まいめろ♡」と男がおしぼりの投げ合いをはじめて、勝手にやってろと思う。もうひとりの男はYouTubeの広告でよくみるパズルゲーのようなものをやりだしてから一度も会話に入ってこなくなった。これがZ世代なの？　私も一応同じクラスタにまとめられているのが不思議でならない。

素知らぬ振りをしてジャスミン割りを作っているもち助を睨むけど、気づかない振りをしている振りで露骨に無視された。跳ね上げラインの反射角が邪悪さの象徴みたいに頑なで、まあこいつは政経だしかわいいし仕方ないな、とすべてを諦めてしまう。おしぼりの勢いで投げられそうになっていたiPhoneを取り返す。

「はいもうこの話オワオワリ。ボクは居ないものとして扱ってもらえる？」

「キャストの台詞じゃねーやん」

てかなんでそんなノンケとやりたいん？　と問われて答えに窮してしまう。「まいめろ♡」が「どうせあれでしょロクな青春送ってこなかったから今更爆発しちゃったとかでしょ」とドヤ顔で吐き捨てる。その程度の解像度で人間をわかったような気になっちゃうからお前の髪の毛はパサついたままだしカーディガンのSHEINタグがひっくり返ってることにも気づかないんじゃないの、と思う。

えーめっちゃすするどー、と笑うと、笑ってんじゃねえと「まいめろ♡」に怒鳴られた。これも同じ時給なんだよな。


クローズ間際になると情緒のバグる奏乃がやっぱり今日も泣きだして、おまいつのおじさんたちの間にそろそろ解散かなというムードが漂いはじめる。呼び水は毎回違うけど、結局はさみしいしやるせないらしい。

店が閉まると私たちが被っていた偶像は剝がれて、みんなそれぞれの人生へと解散していく。やりがい搾取で成り立っているこの店の時給は決して高くないけど、キャストそれぞれがなにか金銭以外のものを得ているという側面だって確かにあるのだ。それで生活のバランスをとっているキャストがほとんどだけど、奏乃だけは逆におかしくなってしまっている。

奏乃が偶像である自分に人一倍こだわりを持っていることは言われなくてもわかるけど、「わたしには帰る場所なんてどこにもない」なんて泣いてみせたところでそんなものはただの詭弁だし、何度も同じ手口で泣くみっともなさのほうに揺さぶられてしまう。そうやって他人を感情のゴミ箱みたいにして恥ずかしくないのかな。奏乃が泣いて縋ってるこの店で、私は数時間前にエグいセクハラを奏乃の客から受けたんだけど。

ぐずぐずしている奏乃をみんなどうにもできないから、おじさんたちは「元気だして」みたいな当たり障りのない言葉だけを残して帰るしかないし、私たちキャストはクローズ作業の合間合間に「落ち着いた?」とか「水飲みな」とか「グミ食べる?」とかで間を持たすことしかできない。お前も片付けろよ、とは誰も言わない。

その場から動かないから結果的にスク水を着ているのは奏乃だけになって、それはちょっと面白い感じの絵面だった。

木から木へと移る猿みたいにその場しのぎの毎日を繰り返すなかで、たまたまひとつの枝に何度も集っているだけに過ぎない私たちに連帯なんてものが存在しないのと同じように、普段みんなが目を逸らしているものを引きずりだすだけ引きずりだして自分は自分のことで精一杯ですなにも見えません、みたいに振る舞うのはずるい。ずるいけど、まあ仕方ないかとも思ってしまうのは一種のアンコンシャスバイアスなのかもしれない。

トランスである奏乃の寄る辺なさを適当な気持ちで想像してしまうのはある種の暴力なんだろうけど、でも私にはそれしかできない。私だってあの終わってた女「まいめろ♡」と同じなのだ。

「もっちゃんとうたちゃんもう帰っていいよ。うちがカナちゃんの面倒みるから」

今日はひなたが居るからなんの呵責《かしやく》もなく帰ることができた。ひなたは偉い。テキーラをいっぱい飲むし、一回死んでもクローズ作業までにはちゃんと復活するし。犬臭いところと致命的なセクハラがくるとノールックで私を盾にするところ以外は文句のつけどころがない。

店を出て二秒でもち助に撒かれて、別に一緒にタク乗りたいなんて思ってなかったしそもそも私チャリだし、でもちゃんと不愉快さが勝つ。

喧騒の前哨戦を終えたゴールデン街を背にカカオを開くと、カズから「僕の動画見たんすけどめちゃくちゃスベってません？笑」「ひどい笑笑」とメッセージが来ていた。笑笑、に込められた感情の意図がまったく読めない。

＊

「じゃあ忠岡《ただおか》くんからいい？」

あ、私からなんだ。上司が話を振る順番が毎回読めない。

「ずっと家にいました。ネトフリみて昼寝してまたネトフリみて、みたいな感じです」

「忠岡くん毎週同じこと言ってない？　なに見てんのネトフリで」

「や、なんか適当に。アニメとかドラマとか」

「最近の若者だねえ」

月曜朝のチーム定例会で各自が近況報告をしないといけなくなった。今年の四月から施行されたこの儀式を意外とみんな好意的に受け止めていて、いつまでも気まずさが抜けないのは私だけみたいだった。これがゲイだという理由で省略してきたコミュニケーション形態だからなのか、ただ単に私が陰キャすぎるだけなのか、どちらに起因した気まずさなのかわからない。

土曜は男の娘になって日曜はちんぽを舐めたあと男の娘になってましたなんて言えないから、趣味読書の令和版であるネトフリを擦りつくしている。以上でーす、と言ってShift＋Ctrl＋Mで即刻マイクをミュートした。

「じゃあ次、紺野《こんの》くん。初の近況報告どうぞ」

「はい。僕は去年結婚した先輩の家に遊びにいきました。あ、大学のサークルの先輩です」

「お、いいね。なんのサークルだったんだっけ？」

「軽音です」

「そうだそうだ、紺野くん言ってたね。ベース弾いてたって」

「そうなんです。その先輩、この間お子さんが生まれたんですよ。半年経ったしそろそろかなってサークルの同期みんなで出産祝い持ってって。あ、先輩の奥さんもサークルのOGなんですよ、先輩のふたつ上だから僕とは被ってなかったんですけど。子供がめっちゃかわいくって。うわー結婚めっちゃいいなーみたいな。結婚してー、みたいな」

紺野くんまだ二十二でしょー？　とか、単純すぎじゃないー？　とか、私の発表時にはミュートされていたマイクが次々と解放されて、団らんの感じ。私の一年後輩、学部卒だから年齢は三歳下の紺野はこの会社では珍しく嫌味のないハッピーな陽キャで、入社研修が終わって今月配属されてきたところだった。

そんな紺野を先月Tinderで発見した。あれこいつ配属予定のやつじゃ、と社内サーバーに上がっていた入社式の映像を見返したらやっぱりそうだった。Tinder名は「こんこん」。プロフィールにLTR募とか書いてて笑った。そんなもんTinderで求めるなよと思いながら右スワイプするとマッチして、スワイプミスかなとアクションを起こさずにいたら「めっちゃ興味あります！」と向こうからメッセージがきた。何度かラリーして、手軽に会えないことがわかれば興味をなくされるかと思いきや、いまも二日に一通ペースでやりとりが続いている。最後のメッセージは昨日の昼、紺野からの「どんくらいの頻度でヤってんすか笑笑（猿が恥ずかしがっている絵文字）」で止まっている。セクシーな会話はひと通りこなしたし、あとは切るタイミングをうかがうだけだなという冷静な自分と、ここまで来たら性器の写真くらいは送らせられんじゃないのというやましい自分のふたりが同じくらいの存在感でせめぎあっている。

定例会の終わり際、紺野が「忠岡さんこのあとちょっと空いてますか？」と引きとめてきた。他のメンバーが続々と退室して、その度に紺野の顔がどんどん大きく表示されていく。私は基本顔出しをしないから、最後には画面いっぱい紺野になった。

「どしたん?」

「キャリアデザインシートのことでちょっとお訊きしたくて」

学生時代に応用とデータベースを取ったお前に教えられることなんかねーよとくさくさしたけど、そういう企業風土なのだから仕方ない。

私は今年も高度情報はおろか応用だって取るつもりはない。まだ二年目だし余裕だろと思っているけど、ここ数年はハイクラスの資格を早期に取るのが全社的なトレンドになっているらしい。企業説明会でうそぶいていた意識の高さがまさか真実だったなんて誰が思うんだろう。怖いんだけど。

「いまの案件的に設計書かけるようになるとか構築できるようになるとか書いとけばいいんじゃない?」と言うと、「そんな感じでいいんですね」と返ってきた。含意がないのはわかるけどナチュラルに上からの物言いにいらっとする。なんなんだよ。ちんぽの写真見せろよ。

「そんな感じでいいよ。参考に俺のやつ送るわ」

汚染されたデスクトップから去年提出したExcelフォーマットのシートを発掘する。紺野の個人チャットに送りつつ、ファイルを開いて会議の画面共有もオンにする。

「共有見えてる？」

「見えてます。あー、資格目標とかも書くんですね」

「今期はみんなAWS周りのやつ目標にしてるみたいだし、アソシエイト目指しますって書いといたら？」

「あ、それいま勉強中です。卒論出して暇だったからちょっとずつやっていこうかなって。自慢するほどのことでもないし会社には言ってなかったんですけど、クラウドプラクティショナーは半年前くらいに取りました」

「すごいね。紺野くんくらいやる気ある人だったらなに書いても褒めてもらえるんじゃない？」

俺にわざわざ訊く必要ないよ、と嫌味を重ねずにはいられない。

「そんなことないですよ。教えてもらえてめっちゃありがたいです」

画面共有を切ると、再び紺野の顔が全画面表示される。屈託なく笑う顔をじっと見つめる。紺野も同じように液晶いっぱいに表示された自分の顔を見て笑っているのだろうか。努力という根拠のある自信に裏打ちされている人間特有の挙動だった。

通話を切った勢いのままdynabookの画面を閉じる。しんど、とウィスパーで発すると声の軽さに反して言霊がひどく重くのしかかってきた。

完全男社会のSIer企業でおじさんたちは大抵マッチョイズムの化身かポエミーなファッショニスタ、底意地の悪さくらいしか共通項がないから基本的にいがみ合っている。若い世代でも意外とチー牛は少ない。割とまっとうに、フルコースとまではいかずともそれなりに青春を謳歌してきたような人たちが集っている。こんなにオタクと親和性の高そうな会社においても、いつの時代も本物は排除されてきたらしい。

そんな環境でスキルもコミュ力もやる気も人並み以下の私が劣等感を抱かない訳がなかった。院卒のねじれで年齢が上だからか同期とも直近の先輩とも間に見えない壁が挟まっているし、初めてできた後輩はこんな感じでスペックお化けだし。

気づいたら午前中の残り時間はTinderのディグに費やして終わっていた。前にもやりとりしたことのある写真とマッチして、初回マッチ時と一言一句変わらないメッセージをスクリプトのように送りつけておいた。定置網漁のやり口を採用している。

客先との会議まで時間あるしこれはふて寝だな、と床についたらTeamsのコール音で起こされて、気づけばもう十五時になっていたらしい。三時間近く寝ていたことに愕然としたけど、よくよく考えたら先週も同じやらかしをしていた。ほぼフルリモート勤務の毎日はだるくて眠くて、それでちゃんと寝てしまう。この部屋でできるエンタメの筆頭がノンケ喰いと惰眠なのだから必然といえば必然だ。最近は外から聞こえてくる雨音もいい睡眠導入になってるし。

弊社もメンバー揃いましたのでー、上司がへらへら話しているのを聞いて、当然私が最後のメンバーだったんだなとわかる。事実として認識しただけだから、「遅くなってすみません」みたいな謝罪メッセージはどこにも送らない。打つだけ打ってはみるけど、こんなの誰も求めてないよねと思い直して、Ctrl＋A→Deleteでこの世に生まれ落ちかけたメッセージを削除した。

画面共有された確認リストが次々と埋まっていくのを見るともなく見ながら、タスクを内職しないとなと思いつつやる気が起きない。意味もなくコンカフェ垢のタイムラインを巡回、はっと思い出して「今日はオープンからいまーす！　月曜からさっそくお疲れのみんな（ボクもだけどね）一緒に飲んでストレス発散しましょっ（ハートがきらきらしている絵文字）（ぴえんの絵文字）」と過去の自撮りを添えてツイートした。

裏アカに切り替えようとしたらアイコンに付着した通知バッジが既に「20＋」になっていた。確信めいた予感とともに裏アカに切り替えると、昨日アップした動画が信じられないくらい伸びていて、わかっていたはずなのにちゃんとびっくりする。とりあえずＤＭ欄を開くとスパムエロ垢エロ垢スパムエロ垢エロ垢スパムエロ垢でエロ垢がだいぶ優勢。昨日までは両者が拮抗していた。このアカウントに飛びついてくるような男には興味がないからスパムと一緒にまとめて無視する。面倒くさくてブロックはしないから、アカウントの凍結以外でこいつらが消えることはない。ここには魑魅魍魎の世界が広がっている。

昨日の動画、Tinder で捕獲した二人目の菅田将暉を口説き落として撮影したものにはもういいねが三桁ついていた。アップして一日でここまで伸びるのは初めてで、だけどポストしたテキストやリプライを読んでもこれまでの動画との違いがよくわからない。ただなんらかのタイミングが嚙み合っただけなんだろう。

裏アカのメディア欄に並ぶ、首から下だけが映った若い男の裸体はほとんど同じ意味しか持っていない。創造神は私のはずなのに、自分が付与した情報の価値についてはずっと優劣をつけられないままだ。

動画のスピーカーアイコンを誤タップしてしまって、「あっ♡」とも「ぎゃあっ！」ともとれる爆音で男の喘ぎ声が鳴り響いた。瞬間の緊張が永遠のように広がっていく。脳を経由せずに瞳孔がひとりでに確認したTeamsのマイクアイコンはちゃんとミュートになっていた。全身の力が抜ける。会議はつつがなく進行しているようだった。

カズは自分の音声動画があまりに無風だったことに静かに傷ついていたらしい。私にはよくわからない感情だし、ゲイから見た自分の時価総額に敏感なノンケはなんだか嫌だなとさえ思う。「やっぱり動画のほうがいいねはつきますよね」「やっぱり動画撮ってもらったほうがよかったのかな、、」と追撃のメッセージが来ていたけど、なにかの罠じゃないの？　と警戒センサーが働いて返信できずにいた。初めて会った日に見せたITリテラシーはなんだったんだろう、と思う。だっていいね数って自分が便器にされた回数ってことだから。

「最後に弊社メンバー、なにか確認事項とかご意見ある方いらっしゃいますか？」

スピーカーから上司の声が聞こえてくる。周りの人たちに紛れさせて「特にないです」とすばやく呟いて、再びミュートにする。なにが決まってなにが流れたのか、私に割り当てられるタスクはなんなのかまったくわからないまま会議が終わった。まあそのうち上司から引き継ぎあるだろうしいいやとのんきに構えていたら、紺野から「よくわかんないけどこれやばいやつじゃないですか?」「炎上というやつでしょうか……」と個人チャットが入って、えっそうなん? となる。私もよくわからないけど紺野のメッセージに号泣している絵文字のリアクションをつけておく。

以前、他部署の偉い人に「いいねとかハートだけだと感情が読めないんだよね。これは便利さの弊害だな。了解したのかしてないのかわからないし」などとぶつくさ言われたからちゃんとリアクションで感情を表明するようにしている。了解、に関しては Microsoft がそういうリアクションを用意してないから悪いんじゃないの。

会議が終わってからも動画についたリプライに返信したり、開いた記憶がまったくない YouTube ショートを流し見していたら十七時になっていた。やばいやばいとシャワーを浴びている間に上司から引き継ぎの日程調整の連絡が入っていたから、髪を乾かしながら社用 iPhone で「すみません、今日は定時で上がりたいので明日でもよろしいでしょうか……？　カレンダーで空いてるところであればどこでも大丈夫です！」と返信する。社用iPhoneにGoogleカレンダーのアプリを入れていないから、いま確認するのは億劫なのだ。それなら上司に確認してもらったほうが早く日程調整できてお互いwinwinだし。

今日は月曜で笹井は居ないから、だる着にすっぴんで出勤してそのままフロアに出る予定だ。高専時代に愛用していた絶望的なダサさのハーフチノを穿くと、一気に郷愁に駆られて切なくなってしまう。私の神は切り返しチェックの裾に宿っているらしい。Tシャツと同じ生地感の半袖パーカーとあわせてみると、着心地があまりに平成すぎて膝から崩れ落ちそうになった。

どうしてもこの格好のほうが私に似合うと思ってしまうのは、私の青春とかモラトリアムが平成とびっしり結びついているからなんだろうか。ノンケ喰いに最適化したいまの恰好はかりそめの姿だよねという意識がずっとある。

お風呂の姿見で確認するとあの頃の私がいた。これに欲情するノンケがいた高専という環境は改めて狂っていたとしか思えない。でもその狂いと、あの瞬間確かに存在していた承認欲求はいまも腐食せず私のなかに残っている。「まいめろ♡」が言っていたように、昨今のインターネットで共通見解となっている「人は学生時代に得られなかった幻想をずっと追い続ける」という浅い思想だってある種の真実なのだ。

帰ったら残りのタスクだな、あえてそう口に出して部屋の空気に聞かせてみるけど当然返事はこないしやるつもりもない。どうせ酒を飲んでだめになってしまうし。たぶん明日は前日の酒が残っていてしんどいから、という理由でやらない。やる気がないからやらないんじゃなくて、環境が私に仕事をやらせてくれないんだよね。これも部屋の空気に聞かせておく。

外はすこし肌寒くて、頭だけじゃなく露出したすねや足首からも湯冷めしていく。昼の土砂降りが小雨としてまだ尾を引いているけど、これくらいだったら傘は差さない。濡れて困るような髪も顔も服もないんだし。

ひなたが楽屋に置いてくれてたミラグレーンってまだあったっけ、なかったら今日は極力飲まないようにしよう、そう思うけど、優しい客に勧められたらきっと飲んでしまう。これも飲みたいから飲むんじゃなくて、気づけば私が飲まざるを得ない環境にされているのだ。まあ月曜だしそんなに客来ないか、と思い直してチャリのペダルを踏んだ。

「ほんとにいいの？　無理して撮らなくてもいいと思うけど」

「いや、撮ってください。動画だったらどれだけいいね付くのか知りたいんです」

知ってどうするんだ。カズの欲求は私の想像とは別のベクトルに伸びているようだった。今日は酒の臭いもダウニーの臭いもしない。

*

「前に音声ツイートしたときからフォロワー増えてるし、たぶん比較にならないよ」

やっぱり諦めてほしいな、という願いで三脚を組み立てる手つきが緩慢になる。

「いや、この前のやつはもう消しましょうよ」

提案というより決定事項のような口調でカズはそう告げた。

「え、なんで？」

「どうせもう伸びないんだし、残す意味なくないすか？　それに初体験の童貞ノンケって書いたほうがインパクト大きいと思うんですよね」

ノンケがノンケという言葉を使うと嘘っぽく響くし、童貞をブランドとして掲げる童貞に対してもなんだか複雑な気持ちを抱いてしまう。お前にそこまでの裁量を与えたつもりはないんだけど、と呆れながらも確かに言う通りだなと思う。iPhoneをアタッチメントに装着して、カズの顔が映らず、かつ私の頭で性器が隠れない画角を探っていく。

「あと服着た状態から撮ったほうがいいかなって。僕、あれから他の人のアカウントとかいろいろ見てみたんですけど、だいたい服着てるところから始まりません?」

「そうかなあ」

「そっすよ。やっぱり脱ぐ前の緊張感が大事なんですって」

言ってやった、みたいな顔で肩を軽く叩かれる。照明を暗くしたら「いや、明るいほうがいいです」とまたディレクションが入る。前は恥ずかしいから暗くしろと何度も命令してきたくせに。

動画の完成形をイメージしている口ぶりだった。再び部屋が明るくなって、照度変化についていけないiPhoneの画面が一瞬白飛びする。カズの年齢相応の肌理《きめ》の細かさと、ここからまだ太く濃くなりそうな鼻下のひげをなんとなく目で追ってしまう。

始まってしまえばあとは前と同じだった。カズは私にすべてを委ねてきたけど、漏らす声ひとつひとつの演技くささを疑ってしまって全然集中できなかった。それでも重ねてきた経験によって機械じみた私の抽送で、つつがなく射精まで導くことができた。射精したあと「まじやべー……」と呟いたカズの明確な恣意にため息が出そうになる。カメラを意識するな。

「これも撮っといたほうがいいですって」

指をさされた先、カズのお腹から胸にかけて飛び散った精液をハンディに持ち替えた iPhone で接写する。機械みたいになっていた数秒前の自分を思い出して呆然としていると、ティッシュティッシュ、と声をかけられて、ああそっかティッシュだよね。ワークデスクの上のティッシュボックスを投げる。

ここまで感情が動かなかったのは初めてかもしれない。これまで出会ってきた、股間に香水を振ってきたバカな男や、興味本位で来てみたもののやっぱり男は無理だという態度を露骨に出してきた大バカな男が相手でも、肉体としては萎えながらも気持ちはちゃんと興奮していた。そういう男たちだって最後には遠い目をして射精するのだとわかっていたから。今日だってそうだった。カズの反応は前とほとんど変わっていなかったはずなのに。

「たいちょーさん、やっぱ舐めるのうまいっすよね」

「なにたいちょーさんって」

「アカウントの名前じゃん」

リプライ欄に並んでいる姿形を持たない誰かの文字じゃなく、たしかな肉体を伴った声で呼ばれたのは当然初めてだった。他意のない、純粋に名前を呼んでいるだけというような声の響きに、いままで被ったことのないペルソナを押しつけられているような感覚に陥ってしまう。

「柊太《しゅうた》だよ、俺の名前」

いままで「Tinder を通して出逢った男に私の名前を教えたことはなかった。でもたいちょーさんと呼ばれるよりはマシだなと思う。

「へえ。でもたいちょーさんのほうがファンタジーっぽい感じでよくないですか？柊太さんだとなんか生々しすぎるかも」

あっさり流された上に「実はカカオの名前もたいちょーで登録し直してんすよね」と言われて、カズの脳内でたいちょーと呼ばれた回数に思いを馳せてみたら、全身の力がしなしなと抜けていった。

「この動画、早めにツイートしましょう。服脱ぐとこ、途中で僕が『それやばいす』って言ったとこ、イくとこ、最後の精子アップのとこ、その四つは絶対使ってほしいです。そこ押さえてたら一定のクオリティは保てるんじゃないかな。あ、できればツイートする前に編集した動画見せてほしいです」

「そこまで言うなら自分で編集すればいいじゃん」

自分の顔面が映っている動画を渡すつもりはないけど、せめてもの抵抗で言ってみる。

「いやいやそれはたいちょーさんの仕事でしょ。僕編集とかできないし」

想像通りの答えが返ってきたはずなのに勝手にカズに失望してしまう。仕事ってなんやねん。つっこみたくなったけど、明確な答えを重ねられるのが嫌で言えない。編集にかかる時間を想像して憂鬱になる。

「また舐めてくださいね。普通にきもちいいし」

「いいけどさ」

服を着たカズがパーカーの袖口に生成された毛玉をちぎっては落としているのを睨

む。この部屋も私もゴミ箱みたいだった。

「バズんないかなこれ。楽しみっすね」

「なんでそんなバズりたいん？」

「いや、これで有名になったら童貞もらいたいって人が出てくるかなーって。有名になればなるほど選び放題じゃないすか？」

あらかじめ用意された面接対策のような、表面をなぞるだけの回答だった。ここで有名になってもノンケ喰い目的の男しか寄ってこないなんてことはノンケ喰いアカウントの市場調査をしたカズなら容易に想像がつくだろうに。

「バズったら僕もアカウント作ろうかな。そんときはタグ付けしてくださいね」

そう言い残して帰るカズを玄関先で見送って、鍵をかけないままその場にへたり込む。数秒じっとして、握りしめていたiPhoneで先ほど撮影した動画を確認してみる。カズの体よりも鮮明に映った自分の顔面のほうが気になってしまう。

こんなに明るい環境で撮影したのは初めてで、脳裏に焼きついていたカズの肌理と自分のそれを比べてしまう。液晶越しにみるカズの裸体には、先ほど直に感じていたような得体のしれなさは見出せない。

タスク先延ばし癖のある私はいまここで動かないと絶対にやらないな、と仕事では決して発揮することのない前向きさで動画編集アプリを立ち上げる。自分の顔を直視したくないな、とじんわり不快になりながらもモザイクをフレーム単位で微調整していると、顔面がゲシュタルト崩壊してなにも感じなくなってくる。むしろ細かい作業を繰り返しているとき特有のドーパミンが放出されてハイにすらなって、編集作業が終わってカーテンを開けると空はもう白んでいた。

「僕のプロフィール、これでツイートしてもらってもいいですか？」

カズから、白色灯に照らされた裸体に付与するためのペルソナが送られてきていた。あまりに荒唐無稽な設定でこんなの誰が信じるんだろうと笑ってしまうけど、頭が働かなくてなにも返信が思いつかない。ドーパミンの導くままにツイートまでしてしまいたくて、エンコードした動画とともにカズからきていたメッセージをそのままツイートした。

一般的なバズからはほど遠くても、私の裏アカにおいては史上最大風速だった。月曜の定例会でまったく興味のないチームメンバーの話をラジオ感覚で聞き流しながらカカオを開くと、カズから十七件の通知が入っていた。

「やばいめっちゃ伸びてますよ」から始まって、あとはいいね数とRT数だけが更新されたスクショが五分刻みで送信され続けていた。狂気的なものを感じつつも「やばー」と返信して、Twitterを開く。DM欄に存在していたはずのスパムは雪崩れてきたエロ垢たちに押し出されてしまったようで、スクロールしてもまったく出てこなかった。

動画はカズから送られてきていた最後のスクショよりもさらに数字が伸びていた。月曜の朝からこんなものにリアクションしてしまう人生ってなんなんだろう、自分を棚に上げてそう思ってしまう。

リプライもかなりついていて、そのほとんどがカズの作った架空の人物に対する賞賛とあけすけな欲情だった。リプライをスクロールするたびに、実体を持たないはずの概念に輪郭が浮かんでくる。

「じゃあ次ー、忠岡くんお願い」

「忠岡くん？　ミュートになってるかも」

「おーい？」

「忠岡くーん？」

あっはいすみません。寝不足で靄のかかった頭と体は音を情報として認識できなかった。上司の声はずっと聞こえていたはずなのに、というこの意識さえも実像なのか虚像なのか判断がつかない。

「昨日は、えー、友達がうちに来てて、そう、一緒にネトフリみてました」

えーっ、とわざとらしい枕詞で紺野が話に割り入ってくる。

「忠岡さん、家で友達とネトフリ、ってそういうことですか？」

そういうことがどういうことか一瞬わからなくて固まる。で、すぐに気づいて「違う違うまじなほうだって。男友達だし」と返す。自分でもなにを言っているのか訳がわからなかった。友達、咄嗟に出た言葉にしては喉元でぬめついてなかなか落ちていかない。

dynabook の液晶に表示されている上司の顔面と目が合った気がして、思わず手元の iPhone に視線をそらす。カズの動画のハートマークが点滅して、いいねの数字がひとつ加算されたのが見えた。

「ほんとですかー？」

ポップな疑いは紺野の底抜けに無邪気な声色で嫌味なく響くから、これは触れてもいいんだなという空気になって他のチームメンバーからも笑い声があがる。わざわざミュートの解除作業を挟んでまで表明する必要のある笑い声なんてこの世に存在しているのだろうか。

「忠岡くんちゃんと友達いたんだね、ほらいままで聞いたことなかったからさ。安心安心」

完全にコンプラ違反な上司の結びを心のなかで腐すことも忘れて「以上です」とマイクをミュートした。

定例会はつつがなく進行していく。キャリアデザインシートの提出期限が明日に迫っていて、まだ出していないのは私だけらしい。紺野が「忠岡さんのお陰で」という部分を強調して「先週末出しました！」と上司に報告していていたたまれなかった。

シートの最後に鎮座している「なりたい三年後・五年後の姿」をいまもずっと埋められずにいる。私はいまも「三年前・五年前の姿」に戻りたがっているのだから、未来への展望なんてものは存在していない。

また画面いっぱいの紺野に呼び止められていた。先週スキルお化けぶりをまざまざと見せつけられて軽く病んだことを思いだして、まだなにも言われていないのにフライングで鬱になる。

「忠岡さん、来週末って出社します？」

「リモートのつもりだったけど、なんで？」

「新入社員の歓迎会やりたいねって篠田《しのだ》さんが言ってくれてるんですよ。篠田さんとこに僕の同期がいるんですけど、せっかくだったらその子だけじゃなくて他の新入社員も一緒にどう？　って誘ってくれてて。それで忠岡さんもどうかなって」

「え、それ俺が行くの不自然じゃない？　篠田さんチーム主催なんでしょ。そもそも新入社員じゃないし」

「いや、若手メインに広く集まろーって感じみたいですよ、上のフロアとかにも声かけてるみたいだし」

私に直接誘いが来ない時点でお察しなのでは、と思ってしまうけど、紺野は気づいていないのか気づいた上で見境のない気遣いを振りかざそうとしているのか「だから一緒に行きましょうよ。今週末L社のシステムリリースじゃないですか、その打ち上げもしたくないですか？」と続けた。

「いやー、でも金曜の夜は予定あるからなあ」

「そこは大丈夫です。夜だとみんなで集まるの難しそうだし、日中に会議室とってやろうって話してたんで」

まったく行きたくなくて、なにか断る理由はないかと縋るような気持ちでGoogleカレンダーを開く。

「あ、てかその日あれじゃん。インフラ勉強会。歓迎会の時間と被っちゃうんじゃない？」

「それ、定例会の前に松井《まつい》さんに相談したんですけど、せっかくだし行ってきたらって言ってもらえました。勉強会は午前に移動させられないか他の人たちに訊いてくれるって」

その根回し力もガクチカの一種なんだろうか。ここまで先回りされてもなお断れるほど自我を強く持っていない私は「じゃあ顔出そうかな」と言うしかなかった。

紺野の性器の写真を入手していればもうすこし気を強く保てたかもしれない。カカオの交換までは進んだけど、紺野に「顔わからない人に送るのはちょっとなあ……」

と究極の駆け引きを持ち出されてからやりとりが停止していた。

カメラロールを開いて、前にスクショを撮ったカズの写真まで遡る。アップロードアイコンをタップして、紺野のカカオアカウント「こんこん（狐の絵文字）」にその写真を送信した。カカオを開いて「顔こんな感じです〜」と追撃でメッセージを送る。カズからは「これはすごいっすよ」「早く次の動画上げないと！」と返信がきていた。早く次の動画上げないと！　の意図を測りかねたけど、もうカズの言動を解体してつぶさに点検しようという気概は失せていた。

＊

翌日さっそくやってきたカズは「動画、前と同じじゃ意味ないっすよね」と私になんの断りも入れずにベッドに寝転んで言った。今日は必修がないからサボってきたらしい。私も当然仕事をサボっていた。
社用 iPhone から Teams の通知がピコンと鳴ったから、液晶の面を下に向けて置き直す。ちらっと見えたポップアップ通知には上司の名前が表示されていた。キャリアデザインシートの催促かタスクの進捗確認か、どちらにせよ見たくない内容であることには違いない。

「意味なくはないいんじゃない？　この世に存在してるハメ撮りなんてだいたい同じでしょ」

「それはそうですけど、たいちょーさんの動画ってたいちょーさんが一方的にしてるだけじゃないですか。僕は寝てるだけだから画に動きがないっていうか。バリエーションのつけようがないと思うんすよね」

「じゃあなにすんの？　顔出しとか？」

「僕がたいちょーさんのを舐める、とか。あ、もちろん顔出しはしませんよ。たいちょーさんみたいにモザイクかけてもらって」

「はあ？　正気？」

感情の処理ができなくて鼻で笑うしかなくなってしまう。ハメさせてほしいと言われたときの対応策を算出していた脳がクラッシュして、明け方のハムスターみたいに思考があちらこちらへ動き回ってはどこにも行き着かないまま事切れた。

「そこまでやったらもうノンケじゃなくない？　知らんけどさ」

「なんか、舐めないともう会わないって脅したら仕方なく舐めてくれたみたいな。せっかく僕っていうシリーズでやるんだったら、ストーリーがあったほうがいいでしょ。高学歴童貞とキュートアグレッションってなんか相性よさげだし。あ、まあ高学歴はただの設定ですけど」

そういうAVでも見たのだろうか。「無理だっていきなり。俺自分のアカウントで脱いでないし。そういうブランディングだから」と食い下がったけど、「でももっと伸びるかもしれないっすよ、数字」と返されて、動画がバズったあの興奮を思い出して黙ってしまう。

舐める舐めさせないの押し問答が続いて、これ以上私の機嫌を損ねたら動画の削除も検討する、と脅したところでカズは折れた。最初からそうしていればよかったのに、あの動画を削除する惜しさが邪魔していたのは紛れもない事実だった。

「じゃあ今日はとりあえず別の場所で撮りましょ、窓際とか。僕立つんで、たいちょーさんは跪《ひざまず》く形でいきましょう」

折れた割には攻撃的な提案だ。街並みが映らないようにレースのカーテンだけ閉めて、三脚を立てる。エニタイム日当たりが悪いこの部屋は常にうす暗くて、すこし後ろめたい。

「あ、たいちょーさん一回そこ立ってみてください。僕が角度調整するんで」

カズがiPhoneの録画開始ボタンを押して私の股間の前で頭を揺らす、録画停止して見栄えを確認する、というのを三回繰り返して画角が決まった。ノンケはこんな気持ちなのか。どんな気持ちなのか因数分解できないまま、目の前で揺れるカズのつむじを見ながらそんなことを考える。搾取される景色だけが眼下に広がっていた。ベッドの上に低めに立てた三脚で、斜俯瞰《しゃふかん》気味のアングルで撮影することに決まる。

前は単純にカズの反応が懐疑的で集中できなかったけど、今回は数字までもが脳裏にちらついていた気がする。カズの荒い息づかいを長尺で収めたあと、床の上に飛んだ精液を接写で撮影する。

「今回のやつが伸びなかったら、やっぱり僕が舐めますからね」

「はあ」

「とにかく編集がんばってください。あんまり前の動画から間空けないほうがいいと思うんで」

てか仕事だいじょぶなんすか？　取ってつけたように付け加えたカズに、諦め半分で「あー、大丈夫っす」と返す。もう十四時を回っていた。

今日も定時ダッシュでラビッツだ。たぶん帰ってから動画編集はできない。ひなたが差し入れてくれたミラグレーンはもうなくなってしまったけど、新たに補充されることはなかった。そこそこ高いのに他のキャストにばかすか服用されて、私だったらむかつくし絶対に二度と買わない。私も服用しまくってたけど。

きっと今日もタスクは遅延する。締め切り二日前から突如湧き出す謎の力を信じるしかないフェーズに入っているのはわかっていたけど、まあ大丈夫だよねと高をくくっている。押し出されてしまったタスクはきっと誰かが拾い上げてくれるだろうし。

カズが帰ったあとも社用 iPhone は裏向きのままで、何度か通知が鳴ったけど無視して自分の顔面をモザイクで消し続けた。


「え、まっさじゃんなにしてんの」

今日はひとりシフトのはずなのになぜか店の鍵が開いていた。楽屋のドアを開けて、笑い声→笹井→まさてゃの順で空間を把握する。デスクの上にはプルタブの空いたジャックコークが三缶置かれていた。まさてゃがゲーム配信中に愛飲してるやつだ、とのが見える。

思う。まさてゃの足元に置かれたファミマのレジ袋に未開封の缶が大量に入っている

「諸々返しにきた。もうシフト入んないから」

聞いてない。今月のシフト表にまさてゃの名前がまったくなかったからそんな予感はしていたけど、他にもそういうキャストはいるし、仕事やら配信やらで忙しくしてるだけなんだろうなと終わりの予感から目を逸らしていた。

「えなんで？　仕事？」

「まあ仕事もあるね。忙しいっちゃ忙しいし。こないだメンバー都合で神プロジェクトからリリースされちゃってさ、んで次決まったとこが結構鬼で。前から悪い噂しか聞かなかったシニマネのとこなんだけどまじで酷いんよな」

その割には平日のこんな時間にここで酒を飲んでる余裕はあるのか、と喉元まで出かかった言葉を吐息に変えて、小刻みに吐き出す。それ飲んでいいやつ？　レジ袋を指さすと「飲んで飲んで。差し入れだから」と微笑まれる。

頭のなかを駆け巡っているあれそれを六分冷えのジャックコークでとりあえず一束にまとめてみる。私もこれは甘くて好きだけど、なぜかコカボムと同じくらいの速度

で酔っていくから出勤前に飲むべきものではないよな、と思う。

「じゃあそのプロジェクトがクローズするまで休んでたらいいじゃん。籍だけ残して」

「もう辞めてよって言われたんよなー彼氏に。バグってるお客さんの話とか、こっちはオモシロのつもりで言ってたけど向こうは普通に嫌だったんだって」

えっ彼氏ってあのＤＫ２？　問い詰めたいけど私はなにも知らないことになっているから訊けない。

いまも覗き見ているＤＫ２のインスタアカウントが脳裏をよぎる。幼さとおとなしさのなかに治安の悪さが見え隠れしている自撮りが毎日ストーリーに上がっていた。重めマッシュの前髪の角Ｒとか、ＵＴの半分くらいの薄さしかなさそうなだるんだるんの白Ｔとか、配信中だとおぼしきまさてゃのコントローラーを握る手元とか。まだチョークと砂埃のにおいをまとっていそうな、どこにでもいる迂闊《うかつ》な高校生だった。

「なにそれラブじゃん」

「ラブなんだよねえ」

その話詳しく訊きたーい、というきゃぴきゃぴした詮索と、彼氏に言われたくらいで辞めるとかどんだけやねん、という憤りを高速でスイッチしていて、自分で自分の感情を摑みきれない。存在感を消してファミマプライベートブランドのジャスミンティーを啜っている笹井にいらだってくる。

「まっさいいなくなんのつらー。また友達ゼロ人生やん」

「彼氏と別れたらまた戻ってこよっかなあ」

「じゃあいますぐ別れて」

「おっも。まあまたご飯でもいこ。我々割と家近いんだしさ」

誘ったら今日配信つって断るくせに。冗談ではぎりぎり済まされない類の重さはジャックコークとともに胃に落としていく。だから私はたぶん死ぬまで胃酸レベルで重い。

まさてゃの配信はゲーム実況者特有のべちゃっとした語尾とか、ジェットコースターのように突如語調が加速することとなんかがなくてどこか物足りないけど、その爽やかさでもってちゃんと周囲と差別化できているらしい。さすが入社二年目でアナリストからコンサルタントに昇格しただけのことはある。

あ、てかノンケ垢《アカ》すごない？　と話を切り替えられる。たいちょーのアカウントをノンケ垢と呼ばれたのは初めてだったけど、そっかまあノンケ垢か、と納得する。

「そ、なんかわかんないけどめっちゃ伸びてる」

「あの帰国子女KO商学部元サッカー部十八歳ノンケって何者?」

「あーあれね。誰が信じんだよって思ってたけど、めちゃくちゃ好感触っぽいよね。みんなわかっててあえて乗ってくれてんのかな」

「まあプレイだよね。実態じゃなくて情報のほうがおいしいってことなんでしょ。なんか夢あっていいじゃん」

「でもまっさの会社はあの設定の本物版みたいな人ばっかなんでしょ。帰国子女KOなんとかの。もはや夢じゃないやん」

「まあいるだろうね、俺には縁遠い話だけど」

はいっもうオープン時間すぎてるよオープンオープン、とクラップを連打してくる笹井に急かされて、三人一緒にフロアに出る。

「んじゃお世話になりました」

笹井に頭を下げたまさてゃは、「またLINEするわー」と言い残して店を後にした。どうせ私がまさてゃの配信にコメントするほうが早いんだろうな。笹井が仁王立ちのポージングのままソファーに腰かけてこちらを睨み上げてくる。もうオープン時間過ぎてんじゃないの。

「それにしてもさー、うたちゃん来んの遅くない？　オープン十分前だったよ？　もしかしていっつもひとりのときこの時間なの？」

うるせーな。きっとコンビニやスーパーのレジでバイト相手に練習したんだろう、笹井のちくちく刺してくるような嫌味にはちゃんと人を不快にさせる毒素が組み込まれている。会社だったら始業時間が起床時間なんだよこっちは。十分前でもじゅうぶん偉いだろ。

「だいたいこれくらいの時間っすね」

「メイクしたり掃除したりしてる時間ないでしょ」

どうせすぐには客来ないんだからその時間にメイクしたり掃除したりできるだろ。まあしないけど。

「すいませーん」

「着替えも持ってきてないみたいだし、その服のまま接客すんの？　うたちゃんだけの日、売り上げよくない理由がわかったわ。いつからこんなことしてんの」

「覚えてませーん」

ぷりぷりしながら店を後にした笹井の痕跡を消すためにソファーを軽く蹴ると、べロアっぽい生地にポンプフューリーの泥スタンプが綺麗について余計いらいらする。手で適当に擦って、そのままボックス席にごろんしてiPhoneを眺める。さっき投稿したばかりの動画のインプレッションをちらちら気にしてしまう。


「やっぱうたちゃんと話してると落ち着くわ。今日休日出勤でさ、仕事まだ終わってなかったんだけど、明日に持ち越してきちゃった」

「えー、おじさんも？　ボクも一緒だよ。そろそろ上司にまじで怒られそうなんだけど」

このバキ童みたいなおじさんと飲んでいると安心する。私のオタクだ。火曜と金曜が休みで、でも金曜は人が多くてゆっくり話せないからと火曜にしか来ない。何回来ているかわからないのに、いつも来店して最初の三十分は緊張なのか警戒なのか自分から一言も話してくれなくて、いまやっとそれが解けようとしているところだった。

今年で三十一歳らしい。おじさんと呼ぶには私と年齢が近すぎるけど、自分で自分のことをおじさんと称しているのだから私もそう呼ぶことに後ろめたさはない。おそらく来店前にアポクリン腺のある部位はすべて汗拭きシートで拭いてきているんだろうな、という努力が伝わってくるところが素晴らしい。駅のトイレで必死に体を拭いているおじさんの姿を想像するとそのいじらしさに感極まってしまう。

　その上いつも差し入れのセンスがいい。今日は東京駅で売っているバターを全面に押し出したフィナンシェを買ってきてくれて、これは前に私が「いままで食べた差し入れのなかで一番おいしい」と言ったやつだった。今日で五回目だったと思うけど、何度食べてもおいしいのだから一向に構わない。そもそも個包装のものを買ってくるという最低限のモラルすら守れないやばおじたちの反作用でおじさんの株は相対的に上がり続けている。

「今日このままおじさんだけかもね、お客さん」

「潰れないか心配になるよ」

「絶対大丈夫だよ、もっちゃんいる日はいっつも大繁盛だからね」

「もち助くんはかわいいもんなあ。あ、俺はもちろんうたちゃんが一番だけどね」

「ほんとすごいよもっちゃんの売り上げ。二八の法則どころか一九くらいかも。まあボクは九のなかでも最底辺なんだけどね」

男の娘コンカフェで男の娘の恰好をしていないのだから仕方のないことだけど、私は当然ニッチな層にしか刺さっていない。週に一度、毎回五千円から一万円程度を落としてくれるこのおじさんがおそらく一番の太客だった。こんな普通の男の子も働いてんだ、という驚きで一見客がチェキを撮って帰ることはあるけど、当然リピートには繋がらない。驚きで寄ってくる客は驚きを消化したら二度と来なくなる。

「ごめんね、俺がもっとお金使えたら、うたちゃんのこと落ち込ませずに済んだかもしれないのに」

そう言ってほしくてわざと自分を卑下していた。きっとおじさんもこれが誘い受けだとわかっているのに毎回ちゃんと乗ってくれる。あえて黙っていると、緊張に耐えきれなかったおじさんの口元から「んひぃ」と息が漏れて、そんなところさえもかわいいなと思ってしまう。

「逆にそんなこと言わせてごめんね、ほんとに全然気にしてないから。売り上げが最底辺なのは事実だし。まあこんな見た目だし仕方ないっちゃないよね」

「うたちゃんはそれが魅力なんだから。うたちゃんが変わりたいって思ってたらこんなこと言うのは間違ってるかもしれないけど、そのままのうたちゃんでいてね。俺はずっと応援してるからさ」

　ロールプレイのような憂鬱と激励のなかにそれぞれの生活の機微を持ち寄れば、毎回同じような台詞を投げかけられてもちゃんと嬉しくなれる。

「めっちゃいいやつじゃん、おじさん。そんなこと言われたら泣いちゃう」

「やっぱりボトル入れようかな、今日は」

「いいっていいって。別に飲み物でバックとかないしさ。なんでも好きなの飲んだらいいよ。別に飲まなくてもいいし」

「優しいね、うたちゃん」

　優しいのは当然おじさんのほうだ。優しくて、臭くなくて、無害で、差し入れもイケてて、さらに私のことをちゃんと肯定してくれるんだから、これ以上なにかを要求する訳がないのに。あ、でもできれば火曜だけじゃなく金曜もここに座って、やばおじとか「まいめろ♡」みたいな厄介客に割く席数をひとつでも減らしていてほしい。お金は使わなくていいから。

「チェキ一枚、お願いしてもいい？」

「今日誰もいないし、スマホで撮っていいよ。普通のチェキ料金でいいから」

「えっ悪いよそんなの」

「いいって。二人で撮る？　ソロにする？」

「……じゃあ二人で撮ってもらってもいい？」

おじさんのスマホを受け取って、二人でセルフィーを撮る。盛れてないし撮り直す？　というと大げさなまでに取り乱して喜ぶから、私もいい気になって計四回、すべて違うポーズで撮影した。

「あ、でもチェキの残数でバレるかもだから一枚使わなきゃ。撮っちゃお」

「これ以上サービスしてもらうの忍びないよ」

「じゃあおじさんのチェキ撮っていい？」

「えっ、そんなの撮ってどうすんの」

「ボクが持って帰る。なんか落書きしてよ」

立ち上がって、カウンターまで歩いている間もおじさんは「いらなすぎるでしょ」とか「ほんとに撮るの？」とか言っていた。前に動画を撮影したノンケで似たようなことを言っていたやつがいたな、と思い出す。これくらい自分の需要に鈍感な男のほうがかわいいに決まってるよな、と数字の話ばかりしているカズと、その話を真に受けている自分に対する蔑みが湧き上がる。ラックからチェキセットの入ったバスケットを取り出す。

困惑した表情のおじさんにチェキカメラを向けて、そのまま収めた。まだ真っ暗なチェキを手渡して、なんて書くの？　と尋ねたら自分のチェキ帳を開いて確認しようとしたから、だめだよ、と制する。

「おじさんの言葉で書いて」

「なに書けばいいかわかんないよ。うたちゃん普段どうやって書いてるの？」

「そのときの気分だって。思ったことをそのまま書くだけ」

思ったことなんてなにもないに決まっている。「今日はありがとね」とか「また来てね」みたいな錆びついた定型文を日付や♡や☆で装飾しているだけだ。おじさんもきっとそんなことはわかってるだろうけど。

チェキにじんわりと浮かびあがってきたおじさんの表情は潰れていて、困惑しているというより怒っているように見えた。枠外の白い部分に「健」と書きはじめたおじさんの手元をじっと見つめる。健、やかに、生、きて、いてね、！。

「やば、メッセージ性強すぎない？」

健やかに生きていてね！　口に出すと、おじさんは恥ずかしそうに俯いてしまった。

「うたちゃんが思ったこと書けっていうから」

「でもこれ、ボクにっていうかおじさんに対してのメッセージみたいだね。写ってるのおじさんひとりだし」

「恥ずかしいんだけど。もう捨てようよこれ」

「だめだめ。もらうから」

おじさんも健やかに生きててね、そう言おうか迷ったけど、さすがに狙いすぎていやらしい気がして心に押し留める。おじさんの手からチェキを奪いとって、家宝にしよー、なんて呆けてみせたらおじさんは困ったように笑って、もう随分とぬるくなっていそうなビールを一口呷った。

＊

「なんか先手打っとかないとやばくない？」「https://xxx.xxx.xxx」

昨日の今日で、しかもまさてゃのほうから連絡が来るなんて珍しい。トーク画面を開くと、URLに接地してスクショの追撃が送られてきた。URLはラビッツの本スレで、スクショは「うたちょの裏アカ発見wwwww　お前らにもチャンスあるんじゃねwwwwww」というキャプションとともに昨日の動画が晒されている最新レスだった。

咄嗟にこのスレのアクティブユーザー数に思いを馳せる。あの動画もそれなりに伸びていたけど、カズはその数字に納得いっていないようで「やっぱり僕がいじめられる内容のほうがいいんですって」とメッセージを送ってきていた。望まない未来が私の意思とは遠く離れた場所で育とうとしている。

「やば笑う」「先手って例えばなんなん」

「もう意味ないかもだけど鍵かけるとか」「それか一時的にアカウント消すか」

「あーね確かに」「教えてくれてあーとう」

「なんか不穏でやだね」「良くも悪くもこういう事件の起きないとこがラビッツの唯一いいとこだったのに」

「それはまじでそう」

まさてゃの置き土産なんじゃ、と一瞬思うけど、まあそんな訳はないだろう。まさてゃが晒すほど私に興味を持っていないのは明らかだし。キャストや客にもち助が触れ回っていたから、そこから流出した可能性が高そうだ。だけどどこまで広まっているのか想像もつかない。

だから誰がとかなんでとか、そういう答え合わせの無意味さに気づいてしまって考えるのがばかばかしくなってくる。投稿時間は今日の朝五時。こんな時間にこんな場所でこんな人間のこんな動画を晒しているやつがまともな神経や思考回路をしているはずはないし、想像するだけ無駄なのだ。まさてゃに言われた通り、アカウントに鍵だけかけて放置することにした。

始業から既に一時間が経っているのに、昨日の定時前に上司からきたメッセージも、それを私が無視したことに怒っているメッセージさえも未読無視していた。期日に間に合っていないのにしれっとキャリアデザインシートを出した勢いでメッセージに既読をつけて、「すみません、Teamsの調子が悪かったみたいで受信できてませんでした……以後留意いたします。」という返信にあわせて、上司の怒りメッセージには土下座の絵文字でリアクションをつけておく。煽ってるみたいで、まあ実際煽っているのだけど、でも上司よりもっと偉い人が感情を示せって言っていたのだから仕方ない。リアクションで、とは言ってなかったけど。

「なりたい三年後・五年後の姿」は私が唯一まともに話せる同期のものを見せてもらって、言葉尻だけ変えたものを記入した。三年後はチームのエース、五年後は管理職に昇進、私の低すぎる意識の果てがこの道に繋がっているとはとても思えない。

現実逃避のために仕事をしよう、というモードに脳が切り替わって、Excelフォーマットのチェックリストと客先の検証環境を開いてみる。ふたつめの項目を確認しているとふいに、上司に指摘された設計書のあそこだけ修正不十分だったかもとか、紺野に来週の勉強会のテーマなにがいいかヒアリングしてみようかなとか、普段は点や線でしか意識していないタスクが面で迫ってきてまったく集中できない。

結局Twitterを開いてしまった。裏アカからコンカフェ垢に切り替える。特におかしなリプライもDMも来てないことに安堵して、そんなことにいちいち安堵している自分が小物すぎて、その情けなさをかわいいと思わないとやってられない。

非公開リスト『良客』に入れているおじさんのアカウントに飛んだけど、昨日の来店後にポストされていた「今日もお土産喜んでくれてよかったな」から動きはなかった。いいね欄を見ても、いつも通り私のツイートとほのぼの動物動画が順不同に並んでいるだけだった。

ベッドに横たわって脳死で一番親指の近かったカカオのアイコンをタップすると、なんで鍵かけてんすか見れなくなってんすけど、とカズからメッセージが届いていた。「ちょっとトラブってて」「捨て垢でいいからフォローしといて」「アカウント名教えてくれたらフォロリク通すから」すぐに既読がついた。

「トラブったって身バレ系すか?」

「そんなとこ」「しばらく様子見だわ」

「とりあえずアカウント作ってフォローしときますね」「でもたいちょーさんの顔モザイクかかってんだからどうとでもごまかせません?」「家知ってる人じゃない限り本人特定できなそう」「あの家に友達呼ぶこととかあるんですか?」

てかそもそもたいちょーさんって友達とかいます?笑　次にくるだろうメッセージを想像していたら、想像よりも随分と慮ったニュアンスのメッセージが追撃で届いた。「でも、たいちょーさん友達とかいんのかなって心配してたんで、いるならよかったです」「あ、僕も友達か笑笑」おもねるでも嘲るでもない筆致が液晶を越えて直接語りかけてくるようで、昨日まで私に被虐性愛を見出していた男と同じ人物だとは思えない。

「うたちゃんやばない？」

ラビッツのグループLINEに最初に投稿したのはもち助で、やっぱお前なん？ と疑念が膨らんでいく。だけど真偽が定かではない以上、この憤りも徒労でしかないように思えた。

もち助のメッセージの上に、「masatoが退会しました」とグレーアイコンの通知が入っている。辞めたり飛んだりしたキャストはいつも、笹井に光の速さでグループからキックされていた。キャスト全員から舐められている笹井の最後の抵抗らしい。「うわーひどいね。こんなの誰がやるんだろ」「ねー」「Twitter炎上してないか偵察してくるわ」「うちも見てくる」「バチ当たっただけでしょ」「カナちゃんやめなって」「晒す方も悪いよ普通に」「晒す方も、って」「ひなちゃんそれは擁護になってないっすw」「まあでもうたちゃんの素行の悪さで誰かの恨み買ってたんだろうね爆笑」「もっちゃんもやめな」「でもひなちゃんもどうかと思ってんでしょ、うたちゃんの裏アカ」「それはまあそうだけど」「とりあえずラビッツ公式には凸リプなさそうだわ」「うちの界隈も特に動きなさそ」「お客さん関係のアカウントは多すぎて把握できんw」「カナちゃんとこは？　なんか動きあった？」「わかんないけど多分ない」（ここから未読メッセージ）「これはまじのまじなん？」「うたちゃんやってますな」「まじだよまじ」「顔出してないし、」「髪とか服もいつもと雰囲気違うからわかんないだろうけど」「まじのうたちゃんっすwwwww」「うたちゃんが嘘ついてなければね」「うたちゃん一回もシフト被ったことないから会ってみたいw」「鍵かかってんじゃんこのアカウント」「フォローしていいやつ？笑」「ハメ撮り？　見たいんやが？？？」「うたちゃんにもらえばいーじゃんwwwww」

ほとんど休眠状態のキャストたちまで参戦してきてトーク画面はカオスの様相を呈していた。前もこうしてもち助がスプレッダーとなって、奏乃とひなたに裏アカの存在が知られてしまったのだ。お前は学歴と顔面の自慢だけしてろよ、と思う。

そもそももち助に話した訳ではなく、私とまさてゃの会話を盗み聞きされてしまったのが発端だった。あのとき楽屋で迂闊に話していなければこんなことになってないんだよなと思うけど、たぶん何回やり直しても私はべらべらと話してしまうだろう。

「大丈夫？」

ひなたから届いていた個人LINEに「ありがと大丈夫」と返すけど、先ほどのグループLINEのやりとりを思い出して、やっぱりひなたも私のノンケ喰いを忌避していたんだなという現実に打ちのめされてしまう。享受していた他人の甘さがただのポジション取りでしかなかったと突きつけられる瞬間が一番しんどい。まったく大丈夫ではなかった。まっすぐ向き合えなくて、逃げるようにカカオを開く。紺野もとい「こんこん（狐の絵文字）」に送ったカズの写真に既読がついているのに、応答はない。そういうことなんだろうなと思いながらも、「顔、どうでしたか……？」と追撃を送ってみる。縋る先がこんなところにしかない自分が惨めすぎて、その惨めさが「私は情けなくてかわいい」という自己暗示を突き抜けて追ってくる。

LINEとカカオとTwitterと、「＞＞165　まじのうたちょ？」「＞＞165　これじゃ誰かわかんね」など熱量のないレスが断続的に繰り返されるラビッツの本スレと、こんな状況でもTinderを順番に切り替えて、なだれてくる情報の波に疲れたらYouTubeショートに移行するけど一本目を視聴している途中で気になってLINEに戻ってしまう。

「うたちょさん、これは本当なんでしょうか？」「本当であれば店としての対処も考えないといけないので。」「事実確認をさせてください。」

敬語が恫喝の有効打だと思っているところが痛々しい。笹井のうすら寒さがストッパーになって、五月雨のメッセージは止まっていた。「知りません。」と返すと、笹井のいないほうのグループLINE『ラビッツ2』に「おいwwwwww」「うたちゃん強すぎ爆笑爆笑」「笹井ブチ切れてて草」「今月シフトゼロで出したけど土曜ラビッツ遊びに行っていい？笑」なんかのメッセージが飛び交う。ここまでの流れを知らない辞めキャストたちも「どしたん話聞こか？」「うたちゃんなっつ」などと反応して、またもち助が私のアカウントの説明から始める。他のキャストが先ほどまでのグループLINE『ラビッツ』でのやりとりのスクショを漏れなく貼りつけはじめて、みんなその執拗さに反応するのが面倒になったのか、熱狂は一瞬で潰えた。ボールになった私が無秩序にあちこちに放られているような無力感を抱きながら、更新の止まったトーク画面をただ眺め続ける。

*

火曜日なのにおじさんは来なくて、代わりに来店したのは「まいめろ♡」だった。まだ案内していないのにカウンターに座られて、もう感じが悪い。オイルを塗りすぎた髪からは廃棄のドーナツみたいな臭いがしそうで、これならパサついているほうがマシだった。白く塗り潰された涙袋とその下に描かれた偽まつ毛が顔から浮いている。なにをしてもセンスがないところは私たちの時代のチー牛に似ていた。「ボックスでもいいよ」と言ったら「うたちゃんと並んで座るとかないでしょ」と鼻で笑われる。「今日うたちゃんひとりだってシフトに書いてたから来ちゃった。スレ見たよ」

私が黙っていると「てか客ゼロなんやばくね？　スレの影響？　えっちなオトコノコとして枕営業でもしたらー？」と嫁の料理を捨てる義母のような顔でにやにや笑った。男の子なのか男の娘なのか文脈から読みきれなかったけど、どちらにしても蔑みであることに変わりはない。きっと脳内で何度もイメトレしてきたのだろう淀みのない口調に感心してしまう。

「もともとこんなもんだよ火曜。ボク不人気だしね」

「なに？　開き直り？　うけんだけど。てか今日、一段とかわいくないね。もしかしてすっぴん？　服もやばくね？」

「でなに飲むの？」

「ボトル。炭酸ね」

キャスドリ入れないから、と高らかに宣言される。うちはキャストがそれぞれ勝手に飲みたいものを飲むからキャスドリの文化がそこまで定着していないことを知らないのだろうか。もち助がキャスドリを入れさせているのだろう、バックもつかないのに。

もっと静かにできないの？　とアイスペールに氷を入れるガラガラ音に文句を言われて、文句を言われたくないからちゃんと量って作ったハイボールには濃すぎんだけど、と難癖をつけられた。感情反比例の法則で、「まいめろ♡」がきいきい鳴けば鳴くほど私の体温が下がっていくのが面白くないらしい。

「で、いまの気持ちはどうなん？　裏アカ晒されて」

「晒したの？」

「あたし？　やる訳ないじゃん。そこまでうたちゃんに興味ないって」
わざわざこんなところまで来てふんぞり返っている事実が回答になっちゃっている
のに見苦しいぞ、とは言わない。
「まあそうだよね、晒すのはさすがにボクのこと好きすぎだし」
「なに言ってんのきっしょ。てかうたちゃん崖っぷちなんでしょ。店、クビんなるか
もって」
「え？　そうなん？」
「知っとけや。妖精さんがブチ切れて辞めさせるって言ってたって、もっちゃんが言
ってたけど」
笹井にそこまでの決断力も決定権もあるとは思えなかった。どうせもち助の誇張表
現をさらに拡大解釈しているだけなのだろう。
「てかクビんなる前に自分から辞めたら？　うたちゃんこの店にいる意味ないよね？
もっちゃんみたいに顔がいい訳でもないし、カナちゃんみたいに女の子らしさ追求し
てる訳でもないし、ひなちゃんみたいに盛り上げ役がんばってる訳でもないし。不人
気の癖にずっとしがみついててさ、見苦しいんだよね」

喉になにかが引っかかっているような声でもごもごと「まいめろ♡」は続けた。

「こんな問題起こしてさ、あんただって居づらいでしょ。あたしだったら速攻辞めてるわ。どんだけ面の皮厚いんだよ。まあ面の皮厚いからあんなアカウントやっちゃうんだろうけど。ほんっと腹立つ」

ぎゃあっ！　と叫んだ「まいめろ♡」がカウンターのベニヤを蹴った振動がこちら側まで伝わってくる。充血した白目と錯覚で大きく見せるアイメイクの相乗効果で、常軌を逸した目つきになっていた。本当にハイボールが濃かったのかもしれない。

「まいめろ♡」と私の目線はほとんど同じなのに、同じ視座でものが見えている気がしなかった。「まいめろ♡」が履いていたリボン付き厚底ローファーの嘘っぽい光沢を思い浮かべる。たぶんSHEIN。あの靴のつま先はベニヤにすら負けてしまいそうだったけど、大丈夫だろうか。

本スレがざわついたのはあの投稿から三日間だけだった。他のスクショや動画といった追加の燃料が投下されなかったところを見るに、アカウントのフォローまではしていなかったらしい。突発的で発作的な犯行だろうことが容易にわかった。フォロリクがきていた猫アイコンの即席アカウントと、目の前で狂い咲いている女の姿が重なる。

「謝ればいいの？　面の皮厚くてごめんって？」

「死ねや。むかつくんだよもっちゃんと話しててもお前がイカれてるって話ばっかでつまんねえし。この店にイカれたやつとかいらねえだろ、夢見せる場所なんじゃねえの？　なんで女の恰好してねえんだよ。もっちゃんの前で変なノイズ撒き散らしてんじゃねえよブス」

　うたちゃんからあんた、お前、そして最後にはブスへと変態した二人称で「まいめろ♡」の余裕のなさが浮き彫りになる。なるほど。ここまで聞いてやっと「まいめろ♡」の行動原理がわかった。もち助のノンケ売りはこんな事案まで引き起こしてしまうんだなとバイを騙っている自分を棚に上げてぞっとしてみるけど、私に女の感情を転がすような器用さも気概もないなんてことは当然わかっていた。

　途端に「まいめろ♡」が愛おしく見えてくる。恋する乙女、かわちいね。でも私は小物だから先ほどの威力行為にちゃんと怯えている。それなのにブラフで煽るのをやめられなくて、「謝ればいいの？　〜〜でごめんって？」構文を繰り返してしまう。この絶妙な語感の悪さが癖になってくる。

いつだって自分を含めた誰かを無鉄砲に煽って生きている。そうしないと立っていられない場所にいるのだから仕方ない、という開き直りはどれくらいの正当性をもって響くのだろう。カウンターの振動にも「まいめろ♡」のワンパターンなブチ切れ顔にももう慣れてしまって、今度は「まいめろ♡」を煽り続ける自分の止まらなさに怯えていた。もうたぶん「まいめろ♡」のローファーのつま先は完全に死んでいるだろうし、カラコンはバリバリに乾いていると思う。まばたきくらいしなよ。

最後に捨て台詞みたいに「この淫獣が」と吐かれた。インジュウで韻を踏めて、なおかつ文脈に沿っているワードが全然思いつかないから、私の耳と脳がおかしくなっていなければおそらくそのままの意味なんだろう。セット料金のお会計はちゃんといただく。叩きつけられた野口英世×2ゴチっす。

「まいめろ♡」と入れ違いで店に笹井がやってきて、「泣きながらエレベーターに乗ってきた女の子いたんだけど、まさかうちのお客さんじゃないよね?」と顔をこわばらせた。

「知りませーん」

「お客さんは?　誰もいないの?」

「いまちょうど帰ったとこっすね」

「やっぱりあの子なんじゃん。なにしたんだよ」

「だから知らんって」

わざとらしくため息をついた笹井に「ジャックコーク飲みます？　まっさの。まだ残ってるんで」と訊いてみる。笹井がほろよい半分で嘔吐してしまう体質なのはキャスト全員が知っていた。舌打ちされて、おーやるじゃん、という気持ちになる。「まいめろ♡」の激情に当てられて、私自身もアドレナリンが出ているのかもしれなかった。


笹井は本当に怒っていた。ここ最近の私に対する不満が加点方式で積み上がっていたところに「まいめろ♡」の晒し事件が起きて、天元突破してしまったらしい。文句をつらつらと並べられている間にジャックコークが三缶空いた。私がコップに入れてあげた緑茶を何度も一気に飲み干すから「吸水ポリマーなん？」と言ったら「は？」と鼻で笑われて終わった。会話って互助がないと成り立たないよね。

「ほんと、就職するまでこんなんじゃなかったのに。生半可な気持ちでやられると困るんだよねこっちも」

「それは笹井さんの主観じゃないです？　就職してからも別に遅刻してないしシフトだって減らしてないし。むしろ最近シフト増やしてあげてんじゃん。この間なんてスク水デーまで出たのに、そんなこと言われて心外かも」

「そういう態度が売り上げにちゃんと現れてんだよ。どれだけ出勤してても売れなきゃ意味ないワケ。わかる？」

「コロナ明けの揺り戻しとかじゃないっすか？　知らんけど」

たしかに院時代は笹井に対してもうすこしだけしおらしくしていたかもしれない。いまよりも多少メイクだってしていた。だけどその程度のことで売り上げが変わるなんて思えない。

私が変わったのではなく時代が変わったのだ。リバイバルがどうとかいう景気のいいジャンルもあるみたいだけど、この界隈においてはいよいよ平成の空気が根絶されようとしているのだろう。

「ＳＥだっけ？　そんなに偉いのその仕事」

インフラエンジニアだから正確にはＳＥではない、というマジレスはしない。どうせ伝わらないだろうから「ＳＥみたいな感じの仕事」と言ったのは私のほうなのだ。笹井に内定報告をしたとき、口ではおめでとうなんて言っていながらも、その視線や手元や足元に隠しきれないルサンチマンを滲ませていた。前職で派遣切りにあったとかなんとかいう噂を前に聞いたことがある。いまはフリーランスの雇われ店長で、正社員に対して引け目のある笹井の憤りは私の素行の悪さを媒介しながらも最後はここに着地するらしい。私はなにも偉くなどないのに、お門違いな嫉みをぶつけられて理不尽だと思う。

「すいません、もっとがんばりまーす」

「いや、だめでしょそれ。具体的になにをどうがんばるのか言ってくれないと。是正策を出せって会社で習ってないの？　ＳＥの会社でさあ」

「えーじゃあ笹井さんに舐めた口利きません」

「そうじゃないだろ。うたちゃん男の娘なんだよね？　じゃあなにすればいいかわかるでしょ？」

「ちゃんとメイクしたらいいすか？」

「服は？」

「なんかそれっぽいの着ます」

「ウィッグは？」

「それはまあ気分が乗ったら」

「言ったね？　もう俺も容赦しないから。真面目に働いてくれないと、最後のカードを切る日も近いからね」

最後のカードって、なんだそのキモい比喩は。そして投げやりになって笹井の思い通りの方向へと転がされてしまったことに気づく。最悪すぎる。

「これから平日も出勤するわ、俺。うたちゃんの働きぶりを見させてもらって、それで今後どうすっか決めるから」

二リットルの緑茶をすべて飲み干して笹井は帰っていった。クローズまであと一時間、たぶんおじさんは来ない。

もう二度と来ないかもしれないし、笹井の着せ替え人形にさせられるくらいだったら辞めてしまおうかな、と思う。でも今日たまたま来なかっただけで、来週は来るかもしれない、とも思う。でもあのアカウントの存在を知ってしまったおじさんがどんな目で私を見るのか、いわゆる男の娘の恰好をしている私になんて声をかけるのか、想像するだけで病んでしまうようなことばかりで嫌になる。

財布に忍ばせていたおじさんのチェキを眺める。むっとしているように見えるおじさんと、丸みを帯びた書体の「健やかに生きていてね！」。文字を指でなぞると、インクの微かなざらつきが指紋にひっかかった。健やかに生きるってなんだよ。おじさんの祈りを伝達するための言葉というよりは、それそのものが言葉として自立しているようにしか、つまり意味のないフレーズであるようにしか思えない。性欲を満たすことと受け止めることばかり考えて生きているせいで、情緒的な感性なんかが死んでいるのかもしれない。

iPhoneを手に取って、ブラウザの検索窓に男の娘、と打ち込む。画像検索に出現したすべての画像が私にではなく、この店にでもなく、もっと広いところに向かって伸びている気がしてなにも摑めなかった。

＊

会社のトイレでカカオを開くと、数十秒前まで目の前で喋っていたはずの紺野もとい「こんこん（狐の絵文字）」からリアルタイムでメッセージが届いていて驚く。「爽やか系っすね笑」「抜いてほしいす笑笑」「（写真2枚を送信しました。）」一度カズの写真をスルーしたのはやっぱりそういうことだったらしい。決して容姿を褒めないところは紺野らしい素直さだなと思いながら、それよりも送られてきた性器の画像に目がいってしまう。ご丁寧に接写と引きの二枚が添付されていた。

会議室から送ってきているのだとしたらあまりにリスキーすぎる。紺野がそういった行動を取るとは思えなかったけど、そもそも私は紺野のなにを知っているんだろう。これまでもなかった訳ではない Tinder 上での知人との邂逅が、それでも紺野との間に起こり得ることだなんて想像もしていなかったのだ。

こんな錬金術があっていいのだろうか。紺野のメッセージの上に鎮座しているカズの写真、掲げられたグーサインが私のなりすましと肖像権侵害に対する明確な断罪のようにまっすぐ伸びている。

紺野たちの歓迎会で、不本意ながら二か月ぶりに出社していた。夜にはラビッツの出勤も控えていたから、メイクポーチと一緒にデニムのショーパンと白のＸＸＬシャツ、同じく白の厚底スニーカーを通勤リュックに入れてきている。あれを見られたら死ぬから自席のチェストで施錠して保管してるけど、会社に着いてからずっと落ち着かない。出社とラビッツの出勤を被せたことはこれまで一度もなかった。

笹井に説教された日に仕方なくAmazonでショーパンを買った。屈服してしまった事実で購入ボタンをタップする指が震えた。翌日届いたそれを穿いてみたけど、どこをどう切り取っても男の娘のにおいはしなかった。マインドの問題だけではないことは容易に想像がついたけど、じゃあなんでなのと言われても私のなかで男の娘の解像度が低すぎて具体的な原因は導き出せない。

「ありがとうございます！」脳死のメッセージを「こんこん（狐の絵文字）」に送るとすぐに既読がついた。紺野はいまどこにいるんだろう。

牽制と疑念をハピネスで包んだような歓迎会の空気に耐えかねてトイレに逃亡してきた私とは違って、紺野は始まる前からウーバーイーツと宅配ピザのアプリを反復横跳びしながら楽しそうにしていたのに。こんなインターネットの極北のような場所で便器みたいな人間に自分の性器を晒してしまう行動原理がわからなさすぎて怖い。

Teamsに紺野から「忠岡さんどこいます？」と、カカオには「こんこん（狐の絵文字)」から「いつ会えます?」とそれぞれメッセージが入る。社用iPhoneと私用iPhoneを重ねて持って、液晶面を入れ替えながらTeamsにはトイレの絵文字のリアクションを、カカオには「逆にいつ空いてます?笑」とメッセージを返す。会うつもりもないのにこれ以上煽ってどうするんだろう。ゴールに到達してしまったいま、どうやって幕を引けばいいのかわからない。

「先週末のシステムリリース、なんかジョブ止まってるみたいです」「松井さんが説明したいからE会議室来てって言ってますよ」

私にはそんな連絡入ってない、と思っていたら、紺野から追加でTeamsの内部リンクが送られてきた。L社案件のチャネルに上司が投稿したもので、急いでいたのか誰もメンションされていない。通知も来ないのに紺野はよく気づいたな、と思う。上司は紺野にだけ個人チャットを送っていたのかもしれない。「すぐ行くわ」と返す。

「来週の土曜とかどうすか?笑」「てかどんな感じでやってくれるんすか?笑」

たいちょーのアカウントでツイートした動画を送ったらどうなるんだろう。私の顔にはモザイクがかかっているけど、それでも髪型や、首元や腕のほくろなんかの個人情報を拾い上げた紺野は、動画に映る人物と私の像を結びつけるのだろうか。カズの顔が私の体に埋め込まれた歪なキメラを想像する。

非表示フォルダを顔認証で開いて上にスクロールしていく。男の裸体とラビッツの楽屋やフロアで自撮りをしている私のサムネイルがブロックごとに分かれて並んでいて、その生っぽさと、誰に見られるでもないのに律儀に非表示フォルダ送りにしている自分がもの悲しい。ミュート状態で再生されるとわかっているのに、iPhone のボリュームをゼロにしてから最新の動画を再生してみる。

乞うような姿勢の私がカズの性器を飲みこんでは吐きだしている。音のない映像は定点カメラの無機質さも相まって宗教画じみた雰囲気さえ携えていた。長回しの動画を飛ばし飛ばしで見たあと、ファイルを左にスワイプすると、カズの顔が映った動画に切り替わった。こだわりの画角を探るためにテスト撮影を繰り返したときのやつ。

カズが私のカーゴパンツの前で頭を揺らしているシーンだけ切り抜いて送信する。「こんな感じ？ 笑笑」とキャプションを添えて。私たちがずっと笑っているのは後ろめたさをマスキングするためだった。すぐに既読がついて、はっと我に返る。

送信を取り消してすぐに紺野のアカウントをブロックした。Tinder を開いてこちらもブロックする。私たちの事切れは、こういう情けなさの上にしか成り立たないよな。バイバイ、こんこん！

個室から出ると洗面台で手を洗っている紺野がいた。気まずさで心が前進を拒絶する。じりじりと近づく私に気づいた紺野は、私の気まずさなど一切感じ取っていないように「忠岡さんめっちゃ探しましたよ！　うんこかよ！」と笑いかけてきた。

笹井に遅れる旨を連絡したら「口ではがんばりますって言ったところで、まあそんなもんだよね。わかりました。」と返信がきて、その応答の速さが明確な怒気を体現していた。私だって行けるものならいますぐ出勤したい。客先の仕事は止まったままだけど、所詮二年目の私にできることなんてなにもないし。

上司に「忠岡くんも紺野くんも後学のために見ててね」と言われて、会議室のモニターに投影された客先の環境を眺め続けている。コンカフェ垢で遅刻の謝罪ツイートをしたいけど、会議室には諦念と緊張で編まれたピアノ線が張りつめていて、iPhoneを触れる空気でも離席できる空気でもなかった。笹井に連絡したついでにツイートしておけばよかった。

目の前に座っている紺野をちらっと見ると、深刻と画像検索すれば出てきそうな目力でモニターに食らいついていた。演技をするなよ、そんなことよりさっきの疑似フェラ動画のことは忘れてくれよ、と思う。

歓迎会の片づけもせずに戻ってきたし今頃ひそひそされていないだろうか、とか、お金も払ってないけどそういえば懇親会費で落ちるって紺野が言ってたっけでもそれって全額落ちるのかな、とか、笹井が他のキャストにまで私のネガキャンをしていたらだるいな、とか、でも笹井の信用度や舐められ度からして適当に聞き流されているんだろうな、みたいな想像が自分自身の意思とは無関係に頭に浮かんで、目の前のモニターで繰り広げられているインフラ最前線のせめぎあいがまったく頭に入ってこない。上司の解説だって当然なにを言っているのかわからない。専門用語の断片だけがこれまでのＯＪＴの記憶を掠めてはどこかへ飛んでいく。

ラビッツの想像ばかりが大きくなっていく。本当にクビになったらどうしよう。クビになることそのものよりも、笹井の裁量によって私の進退が決められてしまうことが一番癪だった。

時給は高くないしチェキバックだってそんなにもらえていないけど、ラビッツの収入がなくなったら牛込柳町には住めない。奨学金の返済もあるし。

そもそもラビッツに行かないのであればゴールデン街までチャリで二十分飛ばせば十五分のあの街に住み続ける必要はない。だけど、アクセス性の高いあの街に住んでいないとノンケ喰いに支障が出てしまう。少なくともいまみたいなフットワークの軽さで会うことはできない。ラビッツとノンケ喰いがやっぱり私の生活のすべてで、価値基準までもそれらに浸食されているはずなのに、いま会社に縛られてそれらの決定権を失っていることが不思議だった。

蒸し上がった丸ノ内線でコンカフェ垢を開いて謝罪ツイートをする。リスト欄を開くと、『良客』のメンバー数がひとり減っていた。なにが起こっているのか見なくてもわかるけど、自分を傷つけるためにちゃんと確認する。

おじさんはなにも言わずに消えていた。おじさんらしい幕引きだけど、私は自分の醜さや浅はかさを責め立てられたくて、そしてそれは当然の感情や権利だとも思って、その傲慢なやるせなさの端っこに居なくなった存在を見出してしまう。おじさん。

店に着いたときには二十一時を回っていた。ゴールデンタイムが過ぎてもなお店はほとんど満員に近くて、前に一度だけ接客した気がする昼サロ帰りらしき女に「おっ社長出勤すかサラリーマンさん！」とだる絡みされる。カウンターではもち助が、ボックスではひなたがそれぞれ客にソロチェキを撮られているところだった。今日の客はみんな無害そうで安堵する。

キッチンでパズドラをしていた笹井に、楽屋までの動線上だから仕方なく「遅くなってすみませんでした」としおらしく声をかけると、パズドラから目を離さないまま「はいはーい急いで着替えてねー」と返された。なんなんだよ、こっちだって疲れてんだよ。ドラゴンに殺されてしまえ。

リュックに押し込んでいた洋服に着替えてみたけど、なんか違うな、とフロアに出るのを躊躇してしまう。脚が出すぎているのがだめなのかもしれない、それで先ほどまで穿いていたビジネス用の黒ソックスに穿き替えたらよりシュールな仕上がりになってしまった。全身鏡で意味もなく後ろ姿を確認していると、「おーい早くしろよ」とノックもせずに笹井が入ってきて、絶句。私に向けられた視線はあらゆるハラスメントを包括しているようだった。

「ふーん、まあいいんじゃない？　肌もしっかり出てるし。本当はもうちょっと男の娘らしさとはなにか、みたいなのを考えてきてほしかったけどね。まあいきなり奏乃とかひなたみたいにブリブリになってくるよりいいわ」

「まだ着替えもメイクも終わってないんで出てってください」

「俺に見られてなんか問題でもあんの？　いままでずっと女の子らしいことしてなかったくせに、いきなり女気取り？　そういうとこだけ女ぶんのどうかと思うよ。それに遅刻してきたんだからさあ、もっと申し訳なさそうにするとかできないの？」

死んでしまえこのホモソジジイが。「他のキャストにもこんなことするんですか？」という問いは当然のように「する訳ねーじゃん」と唾棄《だき》される。

「客に比べたら全然ましだろ。別に俺がうたに欲情することなんてないんだし。ビジネスだからね。俺には店長として、きみら商品が売れるようにプロデュースする責任があるワケ。わかる？　ほんとは奏乃のあの似合ってないロリータだってやめさせたいんだよ。トランスジェンダーっても体は男の骨格なんだからさ、ちゃんとごまかせるところはごまかす方向で自己プロデュースしてほしいんだわ。女と同じ恰好したって勝てないんだから。まあ奏乃にそんなこと言ったら辞めちゃうだろうし、いまの時代？　もうダメじゃん？　そゆこと言うのはさ。俺だってさすがに炎上したくはないからさあ」

メイクが終わるまで笹井はずっとこちらを見ていて、最後にロッカーからレイヤーウルフのウィッグとネットを投げてよこした。

「被れよ」

半年間放置されたそれはうっすらカビくさい。反抗する気力はなくて、仕方なくネットに前髪を入れていく。

頭に乗せたレイヤーウルフの前髪に笹井が触れてくる。手から酸化した油の臭いが漂う。前髪に何度か手櫛を通した笹井は「うん、かわいいかわいい」とヤニ色の前歯を見せた。一連の挙動は私を追いつめて自主退職を促しているようでも、そのまったく反対の意図を持っているようでもあった。

きっと入店時に撮った宣材写真に近づいているだろう鏡の向こうの自分と目を合わせられない。スチールに写る女のにおいを押しつけられた私は容貌以上にブスで、ちゃんと男の娘だった。こんな形で三年前の自分に立ち戻りたくはなかった。

笹井はフロアに出た私の背中を追い越して、そそくさと帰っていった。私にこんなことをするためだけにこの時間まで残っていたのかと思うとぞっとする。

ひなたに「ちょー似合ってるよ」と肩を叩かれても、もち助に「いきなりどしたん？」と眉を顰《ひそ》められても、うたちょが男の娘らしくなった記念として昼サロ帰りらしき女に連チェキを撮られても、前髪に触れてきた笹井の手がべったりとその重みを増していくだけだった。

＊

週末に大学の友人らとモルックの大会に出場した、という紺野のエピソードトークを鼻白みながら聞いている。紺野がモルックのルールを説明するたびにそこかしこから「おもしろそ〜」や「やってみた〜い」などの声が上がる。どうせお前ら誘われてもやらねえだろ、と恨み節が漏れてしまって、セミダブルのマットレスの上で寝転がって iPhone をいじっているカズに「たいちょーさん、そゆとこじゃないすか？」と煽られる。昨晩から体勢が変わっていない。

「これ毎週やってんの。ばかみたいでしょ」

「まあたいちょーさんはこういうの苦手そっすね。それでなんて言うんですか？　僕とお泊まりしてたって？　それとも、あれ、店の名前なんでしたっけ、コンカフェで働いてたって？」

「ばかじゃん。ネトフリ見てたって言う」

「あれ面白いっすよ、韓国のいじめっ子に復讐するドラマ。会社の人らにおすすめしたら？」

「そんな思想強そうなやつおすすめしないわ」

「色々と考えさせられますーとか言えばそれっぽくないすか」

「考えさせられますーとか言っちゃうやつ、絶対大したこと考えさせられてないじゃん。内容知らんけど」

「じゃあ次忠岡くんでー」

「あっ俺の番だ」

「忠岡さんっていうんだ」

私の個人情報をひとつ手に入れたカズに向けて、顔の前で人差し指を立てる。ペルソナがシームレスにインフラエンジニアの忠岡柊太へと切り替わっていく。ミュートを解除して「いつも通りなんですけどネトフリです」と言うと、カズが左手でホールドした iPhone 越しにこちらを見てにやにやしていた。切り替わったはずのペルソナが雨に打たれた水面のように揺らいでいく。

彼氏がいたらこんな感じなのかもしれない、とふいに思う。そしてそう思ったことに気づいてしまってぎょっとする。希求すらしていなかったものがいたずらに存在感を膨らませていった居心地の悪さで、そんなことを考えてしまった後悔が湧き上がってくる。「お友達とですか?」紺野の声が聞こえた気がした。気がしただけだから返事はしない。

終電逃しちゃったんで泊めてもらえませんか、と連絡してきたカズを仕方なく泊めただけのことなのに、こんな変な気持ちになりたくない。ネカフェかスパ銭のURLでも送って撥《は》ねのけておけばよかった。

紺野のターンとの落差でおかしな空気になっていることがウェブ会議上でもわかったけど、いつものことだから気にせず「すみません、以上です」と言い残してミュートした。今日は上司のリアクションすらなく、次のメンバーに話が振られる。

「もう喋ってもいいよ」ベッドに向き直すと、カズは「さすがにいまのはやばくないすか」と不安そうに目を見開いていた。

「なにが?」

「いや、社会人経験ゼロの僕でもやばいってわかりましたよ。たいちょーさん会社でちゃんとやっていけてんすか？」

お前に心配される義理はないという憤りと、第三者から見てもちゃんとやばいんだという焦りでなにも言えなくなる。だけどあれしましたどこ行きましたと嘘を吐いたところでいずれ破綻するのが目に見えているのだからどうしようもない。私がコントロールできる範囲の嘘はこの部屋のなかだけなのだ。

昨日も一昨日も笹井にメイクをディレクションされて、眉毛の毛流れやまつ毛の角度なんかにまで細かく文句を言われた。私が男の娘に目覚めたと勘違いしたひなたが「似合いそうだと思って」と洋服のおさがりをくれた。私が入店時からずっとフリーセクハラキャラを貫かされているように、一度傾いた天秤はもう二度とフラットには戻らないのだろう。もう辞めてしまいたいけど、辞めたら辞めたであまりある可処分時間に飲まれて気が触れてしまいそうだとも思う。人生はきっとローグライクの地獄でしかない。

昨晩ラビッツからの帰宅途中にカズとすれ違って、「鬼メイクじゃないすか」と傘越しに覗き込まれて仕方なくうたちょの顔を白状した。私の宣材写真を見せても「へえ」としか言われなくて気まずかった。決して表象的なことを言わなかったところに、やっぱりカズと私を隔てる時代やカルチャーなんかの大きさを思い知る。

お互いなにも言い出さないから、順番にシャワーを浴びて同じベッドに寝転んだ。誘われても困っただろうけど、誘われないのは誘われないでなにか違うな、と思う。流れに委ねて始まってしまうようなコミュニケーションは互いに経験したことがないから、当然なにも起こらなかった。

最後にカズと動画を撮影してから、一度も他の男と会っていない。Tinderを開いてはみるものの、マッチングの仕分けも新規の男とのルーティン的なやりとりも面倒になってしまって、ぼんやりUIを眺めるだけの無為な時間になり下がっていた。一時的に疲れていただけだろうことなのに、さっき膨らんだ思考の残り香がTinderをがんばれない私とカズへの慕情を結びつけようとしている気がして、それはおかしい。一晩一緒に寝ただけで過去の記憶まで改変されようとしていて、私のこれまでの人生はなんだったんだろうと思ってしまう。

「忠岡くん、このあとちょっといい?」

上司に声をかけられて、嫌な想像ともっと嫌な想像しか思い浮かばない。「大丈夫です」カズのほうを見ながら言うと、やっぱりね、とでも言いたそうなしたり顔を向けられた。こいつはいつ帰るつもりなんだろう。

「先週はお疲れさま」上司にねぎらわれてなんのことかわからない。「あの規模のインシデントは忠岡くんが入ってから初めてだったしね」まで言われて、やっとL社のシステムトラブルの話だと気づく。あの後からずっと働き詰めだったラビッツの記憶に飲まれて完全に忘却していた。今日も明日も出勤だから、きっとまたすぐに忘れてしまう。

「でもね、あの態度はないよ。会議室でひとりだけずっとそわそわしてたでしょ。あっち見たりこっち見たり。何回時計見るんだよって思ってたわ。あのとき俺が説明した内容覚えてる？　覚えてないでしょ。紺野くんなんか配属されてまだ一か月も経ってないのに、忠岡くんが帰ったあと俺のとこに質問までしに来たよ。そこまでしろとは言わないけどさ、せめて俺が話してるときだけでもちゃんと聞いてくれない？」

画面いっぱいに表示された上司の顔が、初期設定から変えていない私のアイコンに向かって喋り続ける。動画を見ているようで現実感がなかった。囚人が食堂のスプーンで壁に穴を開けて脱獄を図るような一点をぐりぐりとほじくる口調に耐えかねたカズは、布団をかぶってこの場から一抜けしてしまった。

「定時後にどんな予定があってもいいし、あ、土日もそうだね、忠岡くんのプライベートな話を俺たちに言う必要はまったくないんだけどさ、でも仕事は仕事だからちゃんとやってもらわないと。配属されて一年経ったけど、まだ学生気分が抜けてないんじゃない？　これでめっちゃ仕事ができるんだったらなにも言わないよ？　でも、実際に会社が求めるレベルには達してないじゃない。俺だってこんなこと言いたくないけど、でも、忠岡くんの同期で職階上がらなかったの、忠岡くん入れて二人だけだったんでしょ？　院卒だからどうとか関係ないかもしれないけど、俺はちょっと恥ずかしかったよ。この結果をちゃんと忠岡くんの頭で受け止めて、それでどうしたらいいか考えてもらわないと、今年の評価も変わらないんじゃない？　このままだと来年、紺野くんに追い抜かれちゃうよ」

例えばこれがチャットで送られてきていたとしたら、私は土下座の絵文字でリアクションを返していただろうか。それともChatGPTに謝罪文の草案を作らせていただろうか。それとも自分の言葉でしたためただろうか。そんな意味のないたられば で意識を逸らしていないと受け止められない類の説教だった。

「いまの時代、こういうこと言うのはおかしいかもしれないけどさ、忠岡くんもいつかは結婚して、子どもだってできるかもしれないじゃん。いつか家族のために働く日が来たとき、このままじゃ誰も守れないいんじゃないの。これは昇格して給料上げろっていうだけの話じゃなくて、生き方の話ね。仕事にちゃんと向き合えない人間は、他のことにも向き合えないいんじゃないの？　って俺は思っちゃうんだけど」

喉元で何度もすくい上げてなんとか口にした「すみませんでした」に上司は反応しなかった。上辺だけの謝罪なんて求められていないことはわかっていたけど、それでもいまこの瞬間に差し出せるものは差し出したはずなのに。あっさり受け流されてしまったらもうどうにもできない。何事もなくいつものトーンに戻った上司に、事務的な業務の引き継ぎを受けて通話を切った。

「失礼します」という私の声とdynabookを閉じた音に反応したカズが布団から這い出てきて、じっと固まっている。「ゲボだわ」張った虚勢は「だいじょぶすか」の声でなかったことにされてしまう。

怠惰に積み上げてきた生活の結果がやっぱり傾いてしまっただけのことなのに、こんなに落ち込んでしまう自分の浅ましさにまた落ち込んでしまう。こんなときこそ誰かを煽っていたいのに、いま私の周りにいるのはバツの悪そうな顔をしてこちらをうかがうカズと、次に続く言葉をなんとか手繰《たぐ》ろうとする私だけだった。

「大丈夫っす。それより学校行かなくていいの？」

「今日は昼からですけど、もういっかな。一回家に荷物取りに帰らなきゃだし、もうだるいっす。それにたいちょーさんなんか可哀想だし」

「勝手に哀れむなよ」

「ハグとかしましょうか？　それともネトフリでも見ます？」

お前はノンケな上に童貞だろ、こんなときにちゃんと正しいやり方で慰めようとするなよ、と思う。いらないし見ない、それだけ返して終わりにしたかったのに、まだ言葉を吐き足りなかった口は、アカウントを晒されてから今日に至るまでの経緯をずるずると話してしまった。

カズのパターン化されたリアクションにひとつひとつのエピソードを乗せていくと、あれそんなに大したことは起きていないのでは、という気持ちになってくる。自分も周りも傷つけたいモードになっていたのにこれではあんまりだから、意識して悲壮な語彙を探す。

「もう終わりだわ人生。そもそも始まったことすらないけど。こうやってひとつずつ失っていくのが二十代後半なんでしょうね」

「いきなり主語デカっすね。まあでもそんな状況だったらあのアカウントも動かしづらいか。仕事がんばんなきゃですしね」

「うん、しばらくは鍵かけたまま放置かなあ。もう消してもいいし」

「消したらたいちょーさんじゃなくなっちゃうじゃん」

なんて呼べばいいんすか、うたちょさん？　忠岡さん？　それとも柊太さん？　と並べられて、どの呼び名だって一度しか言っていないはずなのに憶えていてすごいな、特に名前なんて言ったの随分前なのに、とむず痒い。ラビッツの店名は秒で忘却したくせに。

「なんでもいいわ」

「たいちょーさんはなんて呼ばれたいの」

「わかんない。なんでもいいって」

なんでもいいってことは何者でもあるし何者でもないって思ってるってことっすか、と茶化されて、そのフィクショナルな響きにはっとする。抽象化してしまえば全人類そうだろとしか言えないのに、どのペルソナもどの擬態も全部が中途半端ないまの私に刺さっている言葉な気がしてしまう。

「最近見てます？　あのアカウント」

「見てない」

「なんかたいちょーさんのファンみたいなの湧いてますよ。スクショ撮ってるんで送りますね」

カズからカカオのメッセージが届く。「たいちょーってゲイ？　バイ？　舐めたいんですけどw」「むしろたいちょーくんを責めたいなあ（笑）」「イケメンの予感（舌なめずりをしている絵文字）」すべてデフォルトアイコンの別アカウントからのリプライだった。

「なにこれ」

アカウント名もＩＤも適当につけられたもののようでまったく人となりがわからない。Twitterを開いてＩＤのひとつを検索にかける。当該アカウントにたどりついてもｂｉｏは空欄、投稿内容も無断転載されたアダルト動画のリツイートばかりが並んでいてスパムアカウントと変わらない。さらにスクロールしていくと、リツイートの合間に私と同じようなアカウントに対して無差別にリプライを送っていた。このアカウントの向こうに生きた人間がいて、私に生きた性欲を向けているとはとても思えない。

「たいちょーさんも需要あるってことっすよ。男の子として」

「男のムスメとしては需要ないのに？」

「それは僕にはわかりませんけど」

「逃げじゃん。あの宣材写真見て思ったこと素直に言いなよ」

「へえ」だけで流されたのを根に持っていた。さっきからずっと消化不良のままの心をインスタントに傷つけられてしまいたい。そして傷ついた心で思いわずらうことなくカズのことも滅多刺しにしてしまいたい。

「えなにその振り気まず、なんも言えないっすよ」

「いやそこはブスって言えや」

「そんなの言えませんって」

「言え！」

「だから言えんって。ブスじゃないっすよ」

ここまで終わってる会話ってあるんだろうか。カズが言わないから自分でブスブス連呼していたら、「やめてくださいよマジで」と呆れたようにぼやかれた。居候風情がえらそうにしやがって、心のなかで毒づく。

「マジでブスなんだから仕方ないじゃん」

「そんなに卑下してどうしたいんすか」

どうしたいって、傷つけられたいに決まってる。いや違う。カズの手によって男の娘を剝奪されたかったのかもしれない、普通に男の子として生きていけば？　と三メートル先を照らしてもらいたかったのかもしれない、なんてことに気づいてしまって、緘黙《かんもく》。すべての行動が短絡的な私によく似合うダサさだ。

欲しいのか欲しくないのかわからないものばかり拾い集めて、要るのか要らないのかわからないままそれでも溢れてしまうから順に捨てていく。時代のゴミばかりが延々と続く道の先で遠巻きに指をさされながら歩く私がいる。世界は優しすぎるから、投棄する私を誰も責めない、致命傷を負わせてくれない。さっさと殺してもらえたらよかったのに。ベッドから私に延びる視線が直線から放物線に変わったあと、わざとらしい咳払いが聞こえた。

「そういやTinderで男もマッチングする設定にしたんですけど、びっくりするくらいマッチするようになりました。僕ってここまで需要あるんだって思っちゃった」

慌てて変えたトピックにしては私のこじらせた心に寄り添いすぎていてびっくりする。え？　なんで？　俺以外の人ともしてみたくなった？　面倒くさいセフレ構文で尋ねてみる。そもそもカズの経歴は私ひとりだけではないはずなのに。

「やっぱり自分でアカウントやってみようかなと思って。たいちょーさんがしばらく動けないんだったらなおさらっすね」

「どういうこと？」

「僕のエロ垢を作るってこと。実は昨日もTinderで会った人と動画撮ってたんですよね。それで終電逃しちゃって」

ガチじゃん、と口からこぼれる。目を見開いたのは半分演技で、でももう半分は反射だった。逸らされたカズの視線の先にあるものを私も捉えてみようとするけど、なにもないこの部屋に阻まれてしまう。

「ガチっすよ。自分で編集してみようかなって思ってて。やり方教えてくださいよ」

「いいけど、てかよく撮らせてくれたね相手の人。顔映っちゃうでしょ」

「いや、僕の顔しか映ってないっすね。僕が舐めたんで」

前にも言ったじゃないすかそのほうが伸びるかもって。こともなげにそう続けたカズの顔は晴れやかでも後ろ暗そうでもなく、さっき私にブス発言を強要されたときのほうがよほど感情が振れていそうだった。動揺している私のほうがおかしいのかもしれない。

「え、人生初、だよね」

「です。せっかくの初めてだし動画回しとこっかなって」

見ます？　やっぱりこともなげに振られて、見たいのかわからなかったけどとりあえず「みるみる」と乗り気を演じてみる。でも一般的な感覚として知ってる人の、しかもさっきまで慕情がどうとか考えてた人の性的な動画とか気まずすぎない？　と今更すぎることを思う。もち助が勝手に広めただけだけど、ラビッツの楽屋で私の裏アカを見せられた奏乃やひなたはこれに近い気持ちだったのかもしれない。

「こっちで見ましょ」

社用 iPhone から Teams の通知が鳴ったけど、液晶を視界に入れないよう無視して立ち上がる。昨日一緒に寝たのだから当たり前といえば当たり前だけど、カズは文句も言わず体もよじらず、ベッドに寝そべる私を受け入れた。カズが頭上に掲げたiPhoneを一緒に覗き込む。これもまた恋人みたいだな、とか考えてしまう。これから見るのはカズが他人に奉仕している動画なのに。

真横からの画角だった。ここまでカズの横顔をまじまじと見たことはなかったかもしれない、左耳の付け根に薄い色素のほくろがあることを知る。

枕やタオルケットがくしゃっと映りこんでいたり、ベッドの下にはAmazonの段ボール箱や腹筋ローラーが置かれていたり、背景の情報量が多い。生活の気配が画面越しでも濃く漂っていて、この部屋のような雰囲気ではないことに安堵する。営みの手垢がついた部屋のほうが搾取のゲージは溜まりづらいような気がしたから。

カズに成りすまして紺野に写真や動画を送ったことを思い出す。あれが紛れもない搾取だったことを、芽を出しはじめた罪悪感が証明している。Tinderに無数にいるなりすまし男と同じだった私の本質が変わってしまう気がして、そしてそれは不可逆な変化なのだろう気がして、怖い。

「相手どんな人だったの？」

「んー、普通な感じの人でしたよ。二十八歳ってTinderには書いてました」

「ノンケ?」

「いや、ゲイだって。ストレートって書いてたの嘘でしょって言われちゃって、あー、やっぱ男とマッチする設定にしたらゲイばっかりになるんだろうなって」

「そりゃそうでしょ、こんなことしちゃってんだし。てか前に童貞捨てるためにバズりたいって言ってたけど、あれほんと?　それだけのためにここまでやっちゃうって思えないんだけど」

「どういう意味ですか?」

「ゲイなんじゃないの、カズくんも」

動画のスクロールバーはまだ四分の一にも到達していなかった。時間が永遠へと近づいていくのに、液晶のなかのカズはいまも一倍速で口淫を続けている。速度の歪みに引き離されてしまいそうだった。

黙ったままのカズを見やると、色素の薄いほくろと目があった。くの字の奥二重に支えられて一本の線になった黒目の向かう先はどこなのかわからない。頭のなかが急速に冷えていくけど、取り返しのつかない失言に対して私ができることはなにひとつとしてなかった。

「ごめん、いまの無視して」

「ごめんなさい、どう言えばいいかわかんないです。あと言いたくないのもあります」

私のせいでカズがこうなってしまったんだとしたら、なんてことは絶対にないし、私がそう思うこと自体が傲慢であることもわかってはいる。だけど、わかっていることと受け入れることは別のレイヤーに存在していて、両者はあまりにも遠い。

カズに悟られてはいけない罪悪感を唾で飲みくだして、喉の振動にさえも含蓄を認められてしまいそうで、結局はさっきの失言に対する後悔に巻き戻る。

カズが私の宣材写真になにも言わなかったように、私たちは互いのどこにも踏み込んではいけない関係だった。進退や認知を促すようなことは、なにひとつとして。言葉にしてしまえば本当にそれだけのことで、私がカズにした行為も、液晶のなかのカズが見知らぬ男にしている行為も、そのすべては上澄みに過ぎない。たどたどしいリップノイズが壁を反射して私たちに降りそそぐ。

「一生言わなくていいよ」

憮然とした態度が私たちふたりだけに通じる共通言語になっているのだとしたら、

この部屋の延長戦は発生するのかもしれない。それを望んでいるのか、望んでいる振りをしているのか、望みすぎて幻覚を見ているのか、不穏さに縛られた心はすべての可能性を貼りつけたまま、それらを食いやぶるようにみちみちと育っていく。

横たわったままカーテンを開ける。林立したマンションの切れ間から防衛省の電波塔が覗いている。積層した雲に向かって伸びる切っ先が私たちの空疎を見抜いているようで、咄嗟に目を逸らして再びカーテンを閉めた。閉まる直前に見えた下界はうだるような暑さをにおわせていた。触れあう私たちの肩にも夏が予感めいている。春も夏も秋も冬も、なにかが始まったり終わったりする季節なんてものは存在していないはずなのに、委ねたがっている自分がいた。その愚かさから目を逸らすために、液晶を覗き込む。

「わかってます」

梅雨は明けたらしい。それでも部屋はうす暗くて、そしてすこし後ろめたい。「わかってますから、」次に続く言葉は出てこなかった。端から用意する気のない言葉のように思えた。スクロールバーが終わりに近づいていく。

本作品はフィクションです。実在する人物、事件、団体、企業等とは一切関係がありません。

市街地ギャオ（しがいち・ぎゃお）
一九九三年、大阪府生まれ。
大阪府在住。会社員。

メメントラブドール

二〇二四年一〇月二五日　初版第一刷発行

著者　市街地ギャオ
発行者　増田健史
発行所　株式会社筑摩書房
東京都台東区蔵前二―五―三　〒一一一―八七五五
電話番号〇三―五六八七―二六〇一（代表）
印刷　株式会社精興社
製本　加藤製本株式会社

ISBN978-4-480-80521-8　C0093